在河之南

ZAI

HE

ZHI

NAN

第七届中国诗歌节诗歌选

《诗刊》社 编

黄河出版传媒集团
阳光出版社

图书在版编目（CIP）数据

在河之南 : 第七届中国诗歌节诗歌选 / 《诗刊》社
编. -- 银川 : 阳光出版社, 2024.5. --（阳光文库）.
ISBN 978-7-5525-7311-4

Ⅰ. I227

中国国家版本馆CIP数据核字第2024RC6642号

阳光文库·在河之南
——第七届中国诗歌节诗歌选　　《诗刊》社　编

责任编辑　胡　鹏　赵维娟
封面设计　鸿儒文轩·末末美书
责任印制　岳建宁

黄河出版传媒集团
阳　光　出　版　社　出版发行

出 版 人　薛文斌
地　　址　宁夏银川市北京东路139号出版大厦（750001）
网　　址　http://www.ygchbs.com
网上书店　http://shop129132959.taobao.com
电子信箱　yangguangchubanshe@163.com
邮购电话　0951-5047283
经　　销　全国新华书店
印刷装订　三河市华东印刷有限公司
印刷委托书号　（宁）0029587

开　　本　880 mm×1230 mm　1/32
印　　张　8.75
字　　数　130千字
版　　次　2024年5月第1版
印　　次　2024年5月第1次印刷
书　　号　ISBN 978-7-5525-7311-4
定　　价　68.00元

目录
Contents

辑
一

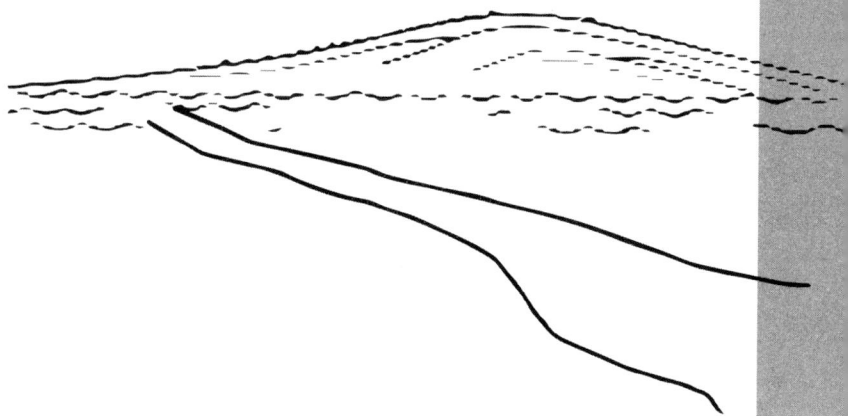

叶延滨

巩义：诗圣故乡的春天

那是春天里回家的春风

春风万里，阳光引领回家的路

巩义是春风的故乡

回家地图刻在河洛文化神话里

千年不变的美景

万年芬芳的花香

一幅河洛春光万里图

巩义年年迎接春风回家！

那是春天里北归的大雁

南飞北归，巩义引领云游的路

巩义是大雁的故乡

大雁在巩义慈云寺听过玄奘讲法

天下人才如雁阵

巩义广迎圣贤客

一幅百鸟齐鸣春光图

巩义是春天筑巢的凤凰树！

那是春天里回家的春燕

春燕归来，巩义引领归家的路

巩义是春燕的故乡

春燕在巩义见过大宋皇家风光

昔日帝王堂前燕

如今喜迁百姓家

一幅百姓小康前景图

巩义的春天常驻在巩义人眼前！

那是春天里回家的希望

春光正好，诗歌引领返家的路

巩义是诗歌的故乡

巩义人都是诗圣杜甫的知心邻居

报答春光知有处

巩义如画春更深

一幅山川锦绣诗画图

天下最美的春天在巩义人心中！

曹宇翔

红枣小镇

这是红枣树的舞台
自身的红与朝阳重叠在一起
一会儿独舞，一会儿群舞
俯仰云步旋转，中原腹地新郑
连绵枣林铺垫霞光

近旁中国红枣博物馆
红枣红，大地红枣齐声合唱
金丝，大瓜，磨盘，葫芦
生动纯朴的名字高扬各自声音
喜庆唱出生活的吉祥

逆光中欢乐的红枣树啊
蜜意荡漾的剪影，一嘟噜
一嘟噜叶间果实，树冠似双手
轻轻合拢，红枣树岁岁捧起
木本食粮，土地的慈悲

乡土古老歌谣里不惧旱涝

铁杆庄稼，密匝匝硕大红枣

大地的恩赐，这时一群鸟哗地

从树影里飞出，翅膀闪亮

一棵棵红枣树散发神的辉光

黄河奔流不息

金黄波浪琴键弹奏流水

在郑州黄河文化公园，生态廊道

长河是永不止歇的古今录像

石夯起落，独轮车，扬场木锨

日新月异城市青春姿影

天地间一川巨流倒映花园口

决堤旧址，炎黄二帝山峦般雕像

站在黄河岸边，身心似触到

滚滚向前，一声不响浩荡力量

仿佛拖曳着历史，山川大地

仿佛拖曳岁月，万事万物
涛声浇灌一个人生命的原野
日出日落，如母亲河深长的呼吸
一会儿阳光掀开烟雨封面
浩浩长风又在诵读万卷波涛

滚滚波光铺出的万里长路
一列开往无尽远方的金灿灿火车
该如何说出百感交集的内心
当我在高铁车窗望向葱茏天边
白云马群，正俯首岸边青草

汤养宗

淇河

从这条河流过的都是诗经的文字
鹤鸣，千年的月光，镜里的红妆和流云
出山西入河南的一场雨
还在屋檐，弹奏着从天到地的琴弦
人间的蒹葭苍苍，归结出世界的白
而我幻美的诗句，就是这关雎
就是飞舞的鹭羽和洲上的好逑
命中的神秘密码，全部来自风、雅、颂

在开封，秘密活着的东西太多

这里，秘密活着的东西太多。脚底下
重叠填压在三座城里的人们
有时会在迈上楼与走下楼之间
呼唤着谁的名字
他们操着相同的语言

成为封锁在泥土下的另一种时间

见证着人间交织的激情

光阴里的灭城也不可以灭人心

这里叫开封，疼痛的地气

与天地同在，晨曦正形成，合上，又打开

李少君

河南老家

窗口晃动的一树红柿子
门前缓缓流淌的改道黄河
这就是河南老家

墙上贴着大"福"字
院子里挂满一串串玉米棒
这就是河南老家

重峦叠嶂的嵩山如画
青台遗址与北斗九星辉映
这就是河南老家

残垣断壁墙不倒
古城已旧草色新
我从墙角看到远近高楼林立
春风再次刷新的老家河南啊
从城市到乡村又逢新一年开端

车延高

永恒

夜，这么深邃，藏不住星星
心
为什么要上锁

在天涯海角，看过海上生明月
能够躺在横陈了无数个世纪的沙滩上
闭眼，去触摸极简主义的古老和苍远

睁开眼
若太阳又一次醒来，就是永恒

礁石

一块礁石，咫尺之地
坐上去，感觉这就是我的领地
浪花，无论如何欢呼，

我都知道自己几斤几两

在三亚湾，海潮有它的习性，波澜壮阔

不知何时，浩浩汤汤扑过来

把我掀到海里

被淹没的礁石，成为潜伏者

大潮退去

又重新冒出来，岿然不动

让人想到：东山再起

刘　春

风吹河洛

风从郑州吹起，黄河洛河同时泛起波纹
初秋的中原大地依然青未了
我从西南来，进入诗经的核心地带

五天时间，要拜访的人物足够多
韩愈、高适、元稹、李商隐、刘禹锡
都是必须停车敬礼的站点
想起杜甫，巩义的天气就晴转多云

在苏州，白乐天的墓前雨丝飘扬
龙门岩壁闪烁旧时代的潮湿
神仙们在石窟中正襟危坐
他们有的是大境界，不像人类
遇到一点点苦就要死要活

及至开封，双脚已沉得走不动了
禹王台积淀太深，连书页都重如岩石

唯有清明上河园柳枝摇曳

旧时月色普照着盛世的牡丹

时间过得太快，有些事还来不及展开

只记得所遇之人皆面容和善

告别时，石壁上的飞天翩翩起舞

青台遗址

我震惊于这片土地的厚重——

逐水而居的村落，房基，窖穴，石钺

纹路简单的陶器，北斗九星和丝绸

先人的智慧一次次得到证实

土层的截断面，记录着五千年前

他们建造房屋的过程：选一处高地

夯平地面，铺撒石灰和焦土

湿泥与芒草混凝为墙，与四角的木柱

连接为整体，房屋中央的火池

公平而温暖，屋后的墓地仿佛在说

世道艰难，一家人永不分离

没有占星术的年代，他们夜观天象
敬畏自然万物，看到的星星比现在多
相比之下，我们无休止地索取
被欲望的云雾遮蔽了眼睛

其实我不是一个考古爱好者
无法说出那些器物和图案的含义
我来到这里不是为了凭吊
只是想悄悄看一眼深藏心底的光荣

清明上河园

除了工业时代的新发明，能想到的
这里都有：美食，花草，手工的丝绸
沉迷一晚彻夜不归的亭台酒馆
不是在唐宋，不是在电视或纸上
而是穿越时空，成为现实的一部分

我在街巷漫步，偶遇两个熟人
那恍若梦境的感觉，让我想起千年前

那个夏天，三个诗人在汴梁相见
那些人间神圣厚重了河洛大地
那些天上星辰，是值得追念一生的风景

还可以列举更多：驼队，错落的小院
临街的茶馆，牛羊，码头，桥梁
闲置的打麦场，风中的酒旗……
如果写下去，一首诗将没有尽头
——盛世的风景，在证明文字的无力

而我的心有些虚空，期待被填满
过去年代的中原集市，农耕社会的
辉煌胜景，注定要成为不可逆转的往事
无须贪恋旧时代的繁华
时代的巨幕已经拉开，大地等着新的画笔

江　非

淇河，黄河

一天走了很多路

淇河，黄河

汽车在中原之路上行走

然后，停下

我们抽烟

站着打量

突然小雨

突然又雨停

收起雨伞

冲着地面猛甩

将水滴归还土地

沿着河岸走

河道漫长

只是其中的一截

淇河，黄河

一条宁静，清澈

一条奔涌，浑浊

从哪里来，到哪里去

邙山之顶

炎黄二祖临水俯望

朝歌之城静默

摘星台静默

此岸在此，彼岸在何处

继续小雨，天黑，风有些阴冷

人们衣衫单薄，车亮起了灯

行驶在中原腹地

时间总是不够用

剩下的时间不多

车窗里，仰头可见

将圆之月

在厚云层之后

在年岁之后

飞机降落海口

在郑州看黄河

下午，我们去看黄河

黄河还在原来的地方

和几千年前的一样

河里流的水甚至也一样

看完黄河

我们都转身走了

将黄河又留在了它安身的地方

好像看过和没去看之前

没有什么不一样

唯一不同的是

有的人是第一次看到黄河

喊了一声啊

有的人已经看过多次

只是平静地看着

有的人就住在黄河边

是黄河真正的儿女

每天早上起床后

只要慢慢探出头来

都会看到这条母亲河

孔令剑

观龙门石窟

十万尊佛像从高大的石崖显现
千余年的斧凿，叮叮之声
此刻已是寂静。那么多双手
那么多人的一生，如朝代般远去
佛像仍持续注目这人间
注目彼岸。游人，去了又来
看佛像，忘自己。而那些渐渐
消失的佛像，留下来过的痕迹
重新成为石头和山的部分
只有伊水不紧不慢，继续向前

桃花峪望黄河

看到你，才理解滔滔
历史终究是平静
九曲十八弯也无非天地间

一次次临摹

挥毫。脚下，黄土默默

用命运命名你，不舍

昼与夜。但你终有一个分界

应是明日，还看今朝

李啸洋

黄河暗饮一种颜色

黄河暗饮一种颜色

喝过黄河水，乐器便有了嘹亮的底气：

唢呐、铜锣、腰鼓

秦腔、梆子、脚夫调

黄河一路喝泥咽土，尽收中原元气

滔出一副好嗓子。

黄河冲走一个人内心的淤泥

冲出笛清澈的部分，一孔、二孔、三孔

赤日生尘，一孔笛吹散心事

秘密串联起黄昏的风——

作为城市的遗失物，每种低音不时在桥边响起

黄河的嗓子咽下泥土

五千年了，土声与黄河的流逝一直在

深夜，人面鱼纹陶盆从土中醒来

深夜，鱼一次次回母系社会产卵

兽形盆器微微发光

黄河平流

万物在秋天的曛黄中
九月，故国佳人采撷晚香玉
东风吹过的地方
闪着夜。冥冥日沉，
春水的后裔击退热流
金乌返照，
愁绪从水墨中出逸，
冠入遥远的云黛。
银屏升起古代的影子，遮住你的
双眸。雨夜
当你收到信，是否记起
南唐的夜晚，朱颜正倚雕栏
寻踪后主的身世

李　壮

杜甫故里

在很细很轻的雨中
蜗牛们爬上步道
然后被踩死在这里。不远处
九米高的铜诗人神色悲伤
不看它们，也不看我们：
早在一千年之前
他就都已经看过了

历史的射线没有全长
没有中分点。但作为人
我确实已活过了
他此生的一半。如今
我慢慢竟也能读懂他了：
这样的悲欣交集
这样在蓦然变凉的空气里
撑伞站着想问他什么又不敢……
以这样的方式明白了这些句子

却依然写不出自己的句子
究竟是该垂泪，还是微笑点头？

兰考黄河湾

在离人群很远的地方
黄河拐了个弯

拐最后的一次弯。往后
就是一路东北。往后

就是大海了。黄河到这里也变了
宽阔、平静、不言语，半个天下的泥沙

都只藏在心里流。在时间里
黄河几千年了都年轻，但空间里

黄河到这儿就备好了中年。有时
人群会跑了很远来看它

它也不看人群。但从那迎面吹来的

舒适的风来推断，它对此还是

感到开心的。至于沉积扇上堆积的土
像是它转向时甩出来的诗

那些不再带走的沙，一生中那些
遗落的部分、被抛下的部分

就留在河滩上自顾自长着芦荻
——有点像《诗经》里长出的那些

只不过矮了一点，潦草了一点

吕周杭

青台遗址

行文到交汇口，若干的分行
堆叠成青台。下沉的轨道作为养料
浇筑历史的拓印。存在又离去，
土壤以颜色编年，史书或

地球系统的存档。切开它，
用探照灯和它对视。陶罐在地下
漫长地搁置，像冰箱里沉寂的
苹果，裸露出氧化的铁色。

落成九星，生出久远天空
投映的底片。苹果的种子
会在拥挤里排列出生长的线索，
多细致的观测能调配出

准确的星云拉花？校准赞美的语法，
或可满足永恒的充分条件。

精神闪电的挣扎，或可称为艺术，
想象生命烧光，即可打开

通向银河的窄门，返程的燃料
不必预留。真理的轴心外，
春风又绿何妨？植物的根
再发新芽，重构宁静的叶绿素。

水漂消逝，波纹落回投掷的原点
仰望的剪影压缩成文明的蛇蜕，
通过水漂的眼，世界背负着
无尽的圆。

马占祥

大河

今天又来见你。我从银川出发的时候，

你也出发了。在荥阳分界口，我们相遇。

我们都在流动，你早于我：在河之洲。

我迟于你：两千五百年后。

我拿起笔，想写一首关于大河的诗，

但不能落笔——你看啊，风还在吹着，

你的流动现在是平静的。

而我的流动是一节奔赴的前途：将无人提及。

一个北方人，赶到荥阳，在河边，

写不出一个字，只能看着自己的落花流水。当时，

有一轮青阳，从云层后走出来，

洒下的光芒，照耀在河岸的每一个人身上。

河岸如此广阔，整个人间分为：此岸，

彼岸。

石窟寺

这里的石头里都住着人：是石头人。
这里的石头不多，人也不多。
那些石头人看我的眼神里，有喜悦，
也有悲悯。作为一个被爱伤害的人，
被恨救赎的人，我一个又一个与他们相遇，
——是的，他们眉眼低垂，而我无话可说。

白马寺

那匹石头马卧了多久？还在卧着。
它在等谁？它的鞍鞯已经备好，
陪同它的人还没到来。我与它对视的时候，
我想骑在它身上——不是我有多余的想法，
我想它应该站起来，走它的路，
倘若它要走，我宁愿陪它一程，
河畔，或是山巅，我真不知道——
只要它愿意。

牛庆国

在河之南

1

阳光平铺直叙
绿色也平铺直叙
正如中原大地的日常幸福
正午时分　一列高铁穿过郑州
悄无声息
坐在高铁上的一位诗人
忽然想起黄河也经过这里
眼前就汹涌澎湃

2

那时　天空奔涌着大河
大地是万古的河床
广武山顶的一座高碑
是新竖的桅杆

一条大船上满载着风云
和鸿沟一带的旧事
我不知道只顾赶路的黄河
还记得多少

3

夜深如梦　月光如草
当风吹过河南的一片高粱地
就从头顶红缨的方阵里
吹出铠甲之声
有人抬头　数了数北斗七星
第八颗是唐
第九颗是宋

4

沿着河走　就会遇见佛
是佛从石头里走了出来
有些佛龛是空的
佛可能去了山下的人间
草就替佛站在那里

我看见有人经过　也拜了拜
那些庄严的草

5

龙门石窟是佛的一个驿站
一条河带着人来　也带着人去
大佛对人好　小佛也对人好
佛说　牡丹是四月的事
此刻听听树上的蝉鸣也好
再过一会儿
河面上就会吹来今秋的风

6

黄河漫过的土地
有着金碧辉煌的黄
古都的灯光
一直在泥土的深处亮着
大堤上整齐排列的梧桐树
像是出来巡逻的侍卫
我向他们打听过黄河的泥沙

和朝廷的消息

7

遇见几个大唐的诗人
衣衫都被秋雨打湿
在他们写过诗的地方
我看见的塑像
比实际的他们高大了许多
为解读他们的诗歌
我们仿造了一座大唐的高城
只是我一直都不敢说我也是诗人

8

一条问道而来的河流
它就是道
道在道中　道也在水中
当它拐过最后一道湾
就离大海不远了
但有一个人
却从大海去了源头

王计兵

白马寺

寺院的正门关闭
两边偏门进入游客
白马寺已经拒绝
生在盛世
仍想遁入空门的人

如果我一个人进寺
肯定会虔诚跪拜
但是跪拜的人太多
我不希望，自己的愿望
给人间造成拥堵

有流着泪水上香的人
有嬉皮笑脸上香的人
有喃喃自语上香的人
有庄重肃穆上香的人
但是没有看见

面无表情之人

我去了冷清的偏殿
跪拜了偏殿里的一尊菩萨
这是一尊 1989 年请来
安放此处的菩萨
1989 年，我 20 岁
在沂河苦渡捞沙的日子
如果神仙也有身份的差别
我更愿意靠近孤单的神

落在众人的后面
比众生迟到一步
许愿池里落满了硬币
我俯身向下
看见自己的倒影

一只眼睛受伤的猫
在冬青树边
被众人抚摸，喂食
那只受伤的猫
怎么看都像是我

少不更事时打伤的那只

在众佛面前
没有许愿
我怀着一颗空心而来
带着一颗空心而返
空
是我对佛最大的虔诚

龙门石窟

在龙门，佛太多
而人更多
所以佛有时也无能为力
佛用一整座大山
依然遮不住人间的阴雨
这些雨水穿过大山的裂缝
仿佛是佛流下的泪水

太多的石窟是空的
太多的佛不在家中

人间最好的是人

最坏的也是人

有人从心里把佛取出来

放进岩石

有人从岩石里盗去了佛头

女性的佛

要经过多长时间的挣扎

和抗争

才会从大山里挣脱出来

成为一尊佛像

如果叩拜，我愿意

向那些失去头颅的佛像

和女性叩拜

替人间背负罪恶的人赎罪

当我们到达白园码头再回头

左边是龙门大桥

右边是伊河流水

只见青山不见佛

亚　楠

荥阳沃野

草木不言。唯一抹浮云仍旧
能够在那绵延
不绝的流水中听见草木
的声音

而泥土滋养的精魂
汇聚着
在汉唐遗韵中
那沉雄悲壮的音符穿越时空就
成为风骨

野火烧不尽啊
萋萋芳草的疆土，一群白鹤
缓慢地打开翅膀

那一刻，清风吹过
荥阳已经

把清脆的鸟声遍撒千沟
万壑

在桃花峪看黄河

拾级而上，就能看见一支画笔
在鸟鸣中静静地游移
那意境
绵厚且空幽，就如同神话
发出的光一般

我望向飞鸟舒展的羽翼
它倾力扇动着，秋风就把遥远的
往事
倾泻在唐诗宋词中

空气里仍弥漫着桃花气息
在荥阳桃花峪
黄河水在浑厚的土地上
潜滋暗长
而我目光所及，满眼秋色都

是一条大河

绵延千年的善果

所以黄河从这里变得舒缓

亦愈加壮阔

就像时间孕育的闪电

舒缓与壮烈都是

他脉管中青铜的执念

和荣光

洛阳城

在蒙蒙细雨里行走

犹如幻境

有一种古老的神秘感

山水无眠啊

潜入了闹市中

似乎唯有白马寺的晨钟暮鼓

依旧还在

雨幕里回响

站在龙亭之上
洛阳城繁盛气象扑面而来
文脉通古今，只是
伊洛之水
还将在我潮起潮落的
旧梦里复活

而那些盛极一时的佛事
被一座山吸附
在向上飞升的青烟中，洛阳城
已然成为大宋王朝
旋转的万花筒

冯　娜

乘高铁至郑州

列车穿过日落前的土地，庄稼正在成熟
夏朝人应该不会和我一样，只是看着
他们光着脚下地，摩挲着一颗颗籽粒
他们收走了平原的耳朵
在天黑前，和我一样赶往城门

被商朝的雨淋湿的土地，向我飞奔
打了胜仗的人坐下来
他们没有烧酒、没有焖饼
黄河借给他们一抔沉沙的水
他们的吆喝声响彻建起的城池
在我到来前，灯火在煤层中闪烁

郑州在天黑前等待着，借给我大把的时间
它在这里编织晨昏
列车减速驶进了石头刻写过的秋天
凉意是

几个朝代接踵寒暄
给我披上衣裳

桃花峪

"桃花如流瀑"
每一个粉色的庄园里
都有一只醒着的老虎
黄河行到这里，懒懒地回眸一瞥
比沟壑还深的念头
绕过了蒙头大睡的石矿

桃花比没有主人的梦还轻
唐朝的女官说，这里的山崖开凿着风
守园的人拍了拍肩头
他琢磨着来年种上更多的桃树和马匹
让它们跟上光线中的飞屑

——让它们跟上我
一个火车头里的读书人
每翻过一页疆土就抬头找一找黄河

鼓鼓囊囊的行李里

一半是桃花一半是老虎

姚　辉

秋分之日在鹤壁

酒喝到一半　那风
就起了　证明我的醉意
恰巧到了一半

我在中原厚土上
见证你平分的千仞
秋色　那时秋意浓重
而此际之秋
仍值得平分且依然
漫无边际——

我刚从你玉米地参差的
暗影里过来　迎着你的风
我也抖擞斑斓敬意
偏北之秋啊多么辽阔
我只能让执着的
火灼我永恒的遐想

秋天终于深入
到了骨髓　再深入下去
可能就接近了共同的
灵魂　我们的灵魂
黏着飞翔的梦

还是让空着的半个
杯子盛下最好的
祈愿　我在灯焰上镂刻
秋意平分的千秋规则

雨游嵩阳书院

传道者开始向雨学习
雨还有什么古今
之别呢？其言谆谆
那被浅苔绊了一跤的人
千年前也俯首向雨
领受青紫的戒尺

路越来越滑　但你
别指望我也摔跤
传道者持续向灯焰靠近
他的身影略显凝重

天理及原欲：多少
爱憎在寻找一种尺度
我必须接受这
不容背弃的尺度

传道者开始向古柏学习
柏将风霜抟成药丸
请坚持　各种
疗救灵肉的努力

柏让你与石头的对话
变得入理　用明代的石头
支撑秦汉年间的
枝柯　石头会不会
喊累？石头还将告诉你
柏于困乏中
顿足而起的习俗

传道者开始向我锤炼的
云朵学习

云拴系的檐影下
有人立于大雪之中
他　揽紧风曲折的预感

传道者开始向泥缝里
枯瘦的草们学习

田　湘

在开封，我的脚步是轻的

在开封，我的脚步是轻的

八朝古都在地下

他们的肉体与灵魂在地下

我须轻轻地走，以免踩疼他们

沉寂太久了，我怕他们长眠不醒

想用脚步声唤醒他们

我替他们在大地上走

甚至替他们活，替他们喊

最终，我也将成为他们

想到此，我已泪流满面

多么幸运！冥冥之中

这闪烁在天空的名字

这不屈不朽的灵魂

我是他们创造的

是清明上河图的一片祥云

我是岳飞，文天祥，王安石，辛弃疾

是欧阳修，苏东坡，黄庭坚，李清照

我是宋朝天空最闪亮也是最恒久的星星

我是宋词铸造的——中国魂

哲学课

美是需要代价的

太阳总是在最辉煌的时刻落幕

在美到极致的黄昏。没错

我就是那枚让你无限惋惜的夕阳

另一种说法是：置之死地而后生

今天的落日，明日就是你的朝阳

这是李商隐的哲学课

周中华

杜甫

不能到你的故园前敬一杯酒
却注定要以一生的醉，和你共饮
以一千多年的发酵和沉默
在一条小船上，你永远停止了漂泊

一个飘摇的王朝，风雨再大
也未曾扰动过你的心，你始终
以一个记录者的身份，写诗
车辚辚，马萧萧
你看到的是白骨，是离别
你忠于内心的律令而写作
却不能按照一个诗人的内心生活
这是历史的悲剧，你孤独的背影

化作，一个时代的印记
那些被隐藏的秘密，被你
用荆棘做成的笔，——

刺破。为了真相
为了更多的人好好地活着，你的孩子
却饿死在等你回家的路上

这就是你，在一次次权力的更迭里
如一枚鱼刺，使所有的歌者
如鲠在喉。从无家别
到垂老别。从大宋
到元明。你的诗
一直像一面镜子，照着
所有跪着的灵魂

你写下青海的白骨，石壕的吏
朱门的酒肉，风吹破的茅屋
饿毙的幼子，望夫回家的少妇
啾啾哭的鬼魂。那些卑微的灵魂里
住着你的高贵和哀伤

在你热爱的土地上，你却无处安身
漂泊的脚步和诗句，因为饥饿
更加枯瘦和深刻。大地和人民的
悲愤，让你无暇安顿自己

那化身成文字的足印，一直在行走
直到今天

正是你，用单薄的身子扛起
黑暗和绝望，才守住了
你的大唐的骄傲和辉煌。你的
伟大的悲悯和深情
成为，中国的诗歌的
永不弯曲的
脊梁。

我们每一天都奔赴在美好的路上

早晨的阳光是美好的
它温暖着欢乐也温暖着忧伤
它抚慰着花朵也抚慰着绿叶
它对青春偏爱有加　对老人
也情意绵长　它走过每个角落
它唤醒鹰的故乡　沉睡的种子
甚至死神的绝望

夜晚的黑暗是美好的
它遮蔽了丑陋也遮蔽了明亮
它钟情于孤独也钟情于月光
它有巴山夜雨的惆怅　也有
春江月夜的辉煌　它一次次
淹没了光明　又一次次抚育了
晨光

我们行走在阳光和黑夜的
间隙　我们一边歌唱一边
忧伤　我们在亲人死去的地方
重生　又在重生的地方
死亡　我们怀揣着希望
也被绝望击伤　我们每一天奔赴向
衰老　也收获了
美好的行囊

被风吹过的岁月
被风吹过的岁月
就像被你抚摸过的事物
没有痕迹
却闪烁着神性的光芒

一块粗布　洗过的杯盏

折叠整齐的衣物

洁净的窗台

所有美好的事物中

都看得见你

就像被风吹过的树林

依然有着风的姿势

时间也是风　季节

也是　还有生命的轮回

一切都会消失

会被上帝的风囊收走

但那些陈年的细节

会变成　另一场

风　吹送给

下一个　我们

石　厉

走在郑州的大街上

踏上我母亲的故土
我看见所有女人的背影
都像我母亲的背影
我在脚下的每一寸土地上
寻找让我血液沸腾的痕迹

突然，一位像风一般
从我身旁飘过的陌生女人
让我心跳加快，她越走越远
远得就像母亲年轻时
优雅地转过身去
她慈祥柔弱的样子
遮盖着许多变暗的
日子、密密麻麻的针脚
以及不厌其烦的絮语

我知道，现在的我

正在返老还童，我甚至
认准了今日黄昏
第一颗隐约的星星
就是母亲发簪上
曾经闪闪发光的晶体
过去的东西，都在天上
让我仰望和怀念

一个时代的风貌
就这样，被形式暗换
当她走到大路的一个拐角
突然，朝我回首一笑
她满月般的面孔，竟然
毫无磨损，完好如初

阿　信

在淇县河口村，遇妲己墓

一个女子，用自己的优势

取悦一位君王；一个君王

喜欢饮酒、开疆拓土

也喜欢身边美人，当然

不止这一个（似乎是君王特权）

在古代中国，事属寻常

尤其在崇尚暴力美学的

青铜时代。问题在于

这个王朝

被自己的属国颠覆了

失败者是没有机会自辩的，脏水

当然要泼在他的头上

子贡曰："纣之不善，不如是之甚也。

是以君子恶居下流，天下之恶皆归焉。"

世事如此，没什么可说的

淇水汤汤，自有公论

只为这个埋在花生地里的女子感到惋惜

一个美丽的女俘，被迫离开

沦为焦土的部落

成为征服者枕畔香风

未及一载，帝国崩毁，君王自焚

女子无以自处，自缢身亡

我们在淇河坡岸的一片花生地里

遇到她荒败、小小的丘冢

时值秋末，草木凋敝，野禽高飞

拨开经霜的花生秧，我们吃惊地发现

粗陋墓碑上，密密麻麻

黏附着数十枚黑壳蜗牛，像是

侧向秋风，正在倾听

委屈的小耳朵——

四个男人一时失语，不知该说什么

唯一的女性，诗人蓝蓝嘀咕了一句

"愿你来生，嫁个好人家"

嵩门待月

总是在人群汹涌中
突然想起母亲
奢想着，送她一轮悄悄的明月

天地间，一定有条神秘的
甬道，或者有根看不见的线
牢牢地，拴紧明月和我

嵩门待月月无踪。最亮的月亮
此时，正躲在嵩山身后
默默地照着我

天地间，不知有多少静物
送给我们：毫无保留的照耀
和无声的恩赐！

在中原福塔上发呆

原谅我，不能写出
中原卷帛上更多的秘密
天空有突然的闪电
大地有深渊，海中有暗礁
我和中原，有不能履行的密约
天地有大美
也有暗疾。在中原福塔上
我只能独自疗伤
让大风穿堂，拂去残尘
让暴雨洗骨，清毒
再用烈日，九蒸九晒
剩余躯体这干净的部分
留待后来人，醍醐灌顶的唤醒

陈丽伟

中州听虫

中州的秋虫在夜晚要热烈
或许身在中心，它们更理解季节的指令
它们此起彼伏，进行最后的陈述
虽不像小公园里的偷偷摸摸
也确有掩饰不住的淡淡哀戚

人声倒显微茫，在远处的广场
大爷大妈们热烈地唱歌跳舞
但因遥远，便只做了秋虫的伴奏
当然他们看不起秋虫
他们自信，比秋虫要活得长久

一条鱼从河中突然跃起，又落下
巨大的声音和夜色格格不入
当时我正沉浸在秋虫的音乐里
这鱼实实在在吓了我一跳
把我从天上，直接摔在地上

王单单

夜上太室山，参加中秋诗会

古人在历史中金蝉脱壳

来到现代的舞台上，字正腔圆

诗歌指向晚年的杜甫和李白

有人霓裳轻拂，长袖善舞

转个身，白居易、苏东坡、辛弃疾

就挨个登上太室山，在聚光灯

制造出来的人间，身陷空白

周围，夜晚压实山脊高耸的部分

大法王寺已经消失，唯留年轻的僧人

混迹人群，用手机锁定一阕旧词

而在另一出荒诞剧中，无人察觉

我已趁夜遁逃，正以明月为钵

在山脚下，一边化缘，一边等人

梁尔源

鹤壁观鹤

长江边有楼阁久空

鹤壁却存有千载仙姿

一首诗牵走悠悠逝水

神骑折返了红尘

高飞曾掠过雪峰的反射

灵性驾着几屡琼风

中堂悬挂的锦绣松涛

伴着低沉的孤鸣

繁体字包浆的时光里

行走着

一品补子纹标榜的冠鸟

洁白羽毛撑着炫耀的丹顶

高挑的美姿

在环顾走失的鸡群

一只鹤仍想飞出

淇水的风景

廖学平

黄河漫步

"问渠那得清如许，

为有源头活水来。"

一道山中水

编制出人类命运炎黄史

七彩的梦想绕到天边

伴随矩阵的战线

唤醒宇宙无敌

岸边的生命

唱响一曲《黄河颂》

悠扬的战歌

向着晨曦晚霞

时而奔跑在丛林

时而欢跃于崖弯

时而逗拍青枝翠叶

时而化作轻云探月

苍天春心荡漾

人间尤物从此操纵

成全了花容月貌

千年梦想

从此读懂了大地的故事

林秀美

过淇水

一声翠色的鸟鸣

含着悲悯之光飞过

一丝丝光阴

醉了两岸的芦苇

有一闪一闪的心跳

风华淇水　收藏了谁的《诗经》

淇水古桥道

芦苇中飞出的飞鸟　是思想的箭矢

水中芒草　六君子衣袂飘飘

梦想辽阔　吹响遥远的风笛

一只青鸟含着诗魂

安坐在水面之上

淇水　流走旷远的凉意

细碎的光芒从谁的手中漏下

成一首首诗篇

秋风渐缓　草间有光

驻足于此　绘出斜坡的边界
被诗神一次次照耀的淇水古道
流浪的诗人万泉奔涌
岸边　思想的沙粒
正在沉积

落日，摘星台

停住言语　就能听到无数哭泣
在每一个走进摘星楼人的内心

远处一轮落日　鼓胀　浑圆
站在草尖　像是
商纣王的私密景观
我们能听见比干滴血的声音
灰烬里：慢慢地变成
大地里的一声叹息

风带来了更大的风
有时是你的　有时是我的
无论是一个人的　还是一群人的

有些忠诚　悬垂在无边的仰望之上

而我们在回望里

看见赤胆忠心

苏笑嫣

东京梦

记忆是一口深井，周围是蓝色

东京开始夜的肉体

画中人在各自的生活中抛出自己的火种

樊楼里，贵客们欢宴于雅间中的光

码头上卸粮的工人像是匍匐的石头

你感受——其实你想说你记得

这算不算是记得？——夜晚

正在那另一个世界里呼吸

几只乌篷船从市肆中的虹桥下缓缓驶出

这些汴河中移动的灯火，像你一样

在画面的内部抑或外部

巡视一座城中陌生人的俗常乐苦

你看到：所有人都是时间的租客

生命丰盛的财产——在空荡荡的屋子里

城市投进了黑夜旋涡的激流……

但巡视也是对在场的确认：

劳作后的人吃过一碗茶

从脚店的棚屋中走出

他来到树下

只为了在最深浓的黑夜中沉浸片刻

三隐士

树在黎明时分是墨蓝色

城市睡在静谧中像在海上漂浮着

早在时间开始前，光回来了

溢出在街道上的梦开始收缩

这一日，你化身一只喜鹊，在街道的纸页上

翻看了三个人的生活。第一个是看相的盲者

他将世界存放在自己的杏仁中

通过相对的哲学，将一切事物的内在联系

溪水一样汇合。第二个人上身赤膊

"你要懂得火，就像懂得人的性格"

举着手中的铁锤，他目光炯炯地说：

"有时要熊熊燃烧的那种滚烫

有时只需幽幽的蓝色

——最重要的是猛闪的一刻。"

这个精于掌控时机的人

擅长在变幻莫测中寒冷地判断

但沸腾地工作。

第三个人并不把活计当作命运来做

对这个编筐的女人来说，编织时的寂静

和对形式感的处理是最重要的

——这种需要双手穿越的寂静

舂米的农妇也懂得

曾聚居在街上的，美丽和不美丽的经营

转眼就散之四方了。

在中原大地的无垠之上，你飞飞落落

并暗暗思忖着：在那之中

是否每个人都找到了人生的一点值得？

有所思，乃在淇水旁

诗永远不可能被完成

就像光，永在，并悬浮于所有事物

容纳了变迁中所有的瞬间：它们停在

和生长。唯此，苦楝是真实的

在今日诗一般飘落的雨中

这唯一的声音

使历史的廊檐和废墟都美得别有意义

林间风从一个空间飞掠向另一个

平静的水面下

是深不见底的万古心

无须倒转时差，这种永恒

将我们浩瀚地送回

而我的欲望会变成风中的一缕吗？

变成树林中的一株

这是可能的吗？

在风的叙述中

无数叶片急坠，时间的甬道

从林间空地旋转着走出

我掂量着手中的光

它游离、微弱，有时消失

或而重返——

需要耐心反复地呵护、打磨

即使如同在水上

用纤微的枝叶

搭建倒影中的一座玉台楼阁

姚　风

见妲己

见的，不过是一个丘冢
我不相信，这妲己墓是真的
就像不相信演义版的历史
不相信红颜祸水

你，你们，是被君王宠爱的女人

但宠爱不是爱
嫔妃三千，总是灵魂抛弃肉体
总是肉体抛弃肉体

谁是"永恒之女性"？你们在哪里？
花朵被掐掉，被送上敌人的床榻
只为换取帝国一夜的安宁
偷安一隅的男人，为了女人
阉割了另一些男人
却从未为海伦发动过一场战争

汤汤淇水见证过真相

但始终流淌着千古的沉默

丘冢里的你，目睹一茬茬落花生

在叶茎开花，在地下结果

仿佛还是见到了你

在淇水河边，一个谁也不嫁

的娇美女子，在卖煮花生

剥开一枚，就看见粉红色的容颜

黄河花园口偶感

来到黄河花园口

就不得不忍受耻辱和苦难

历史一旦在现场讲出

那些耻辱和苦难就与我们有关

那些奉命炸掉堤坝的士兵

那些是被大水淹死的农夫

那些被饥饿的人群啃食的尸体
都是我们
我们复活，我们死去

细雨中，大河拖着沉重的泥沙
匍匐着向前流动
岸边深埋的白骨
长成香蒲、柽柳、油松、侧柏、黄栌、
连翘、紫槐、白榆、木槿
还有遍地的青草

雨中登摘星台

清晨的朝歌，没有歌唱
只有雨淅淅沥沥
一场曾经在商朝下过的雨
打湿了我们的衣襟

摘星台不高，摘下星星绝无可能
那就用来摘下一颗心
让它不再跳动，不再发出声音

谏言的呼喊总是刺耳

雨还在下
比干拖着没有心脏的身体

踉跄着走下摘心台
涉过淇水，扑卧在泥泞的大地

比干的新庙尚未竣工
空荡荡，仍在等待
一颗跳动的心脏

叶玉琳

淇河

曾经作为黄河的支流
隐藏在《诗经》里
桧楫松舟，棹歌声声
有人意欲借一条水路
驾驭着李白的舟车
潜往古国卫地
瞻竹轩，咏诗文
也像杜甫诗中的淇上壮士
净洗甲兵，挽住天河

江岸风物万千
最容易淹没的最长情
流水也是，暮色也是
爱也是，离别也是
什么能历经千年不朽
当一树鸟鸣浮沉了江月
绿竹如箦，对影成清秋

请允许我带走

苏轼笔下的长身六君子 ①

带走悠悠淇河中

古老又清脆的笛音

且允这杯酒诗书

如切如磋，如琢如磨

望星空浩荡，天际送归舟

摘星台

顺河而上，就来到历史的深处

那一天，我们驻足在摘星楼

听比干剖心的故事

那是一个血红的黄昏

四周晦暗，大地颤抖

马蹄声声在胸腔嘶鸣

雨下得越来越大

仿佛要把人间洗刷一遍

① "长身六君子"出自宋代·苏轼《题过所画枯木竹石三首》。

游弋于另一个时空

你任人评说，用沉默替代悲愤

沧浪啊，请你活成一支绿色的船桨

请你替我关闭眼睛和耳朵

独留一颗宝石般的心脏

陪伴这大河汤汤

阅尽人间兴废

淘尽世上善恶

淇水在右

我确信一条河流已经超越了全部

它甚至化成了基因和血脉

牵引我们向前

天地之中

对于一切事物的想象

我们的语言多么贫乏

却又迷恋于它神性的光辉

秋阳如蒿，悠游于大野

它依然有古风，仿佛

一千个词语里的一千张面孔

在长河的另一面

秋风正在解缆

灵禽俘获莲蓬

九曲竹蹊，一壶映月

千山矗立，万里又征程

淇水在右，泉源在左

伟大的诗篇早已完成

为何它还要奔流不息

郁　葱

在黄河边数大雁

秋高南行，春暖北飞，
那大雁，知道人生在世，
其实终为一人，
所以人形一形。

前行者遮挡风雨，
后来者因时而动，
仁心恒信，近远高低，
高天的那些大雁，
它们不是为了让人看见，
而是为了生存。

不知去岁雁阵，
今年如何北归。
天一会冷了一会又暖，
雁一会北了一会又南。

苔原冻土，四野凄草，

在天在地，不喜不悲，

春为柳意，秋乃雁天，

大雁不独活，

且辽远，此行彼行。

风动振翅，星寒早栖，

头雁更替，队形变换，

渺茫一粒，连缀成行，

叹三春雁去，一秋人老。

无所有，亦无所无。

秋高远，雁阵惊寒。

太行山记

太行秋夜，就觉得它出奇的阔大，

松声羽声山石声，

胸有万壑而面若平湖，

这境界，人所莫及。

太行腹地，云翳雾绕，

清月之下如古人：

万卷古今，几载流年，

三窗昏晓，一树寒凉。

这经典太行，有洁癖、有激情，

融入和交汇许多白天和夜晚。

灵魂一定是干净的，

内在与外在都干净，

夜笼罩着它的身体，

——油画般的，

那时候就觉得这千山之重，

——重得浮生若羽啊！

北夜微凉，南水乍暖，

天不掩晚月，地不遮青纱，

万千青叶，几粒稻黍，

那些卑微的生命，都是智慧。

蚕丛鸟道，山吟泽唱，

世道顺畅还是坎坷，

乾坤明朗或是黯淡，

看阔野里那些茅草枯了黄了，

秋风一过，一风吹散。

曾有一日，我在傍晚向太行山遥望，

群山依旧，与记忆中的完全相同，

只是觉得它们比早年略微矮了。

后来我想，一定不是那山矮了，

而是我见到过了更多、更高的山。

如此，世俗的什么得失、利害、长短，

甚至箴言和真理，皆如浮尘。

山河如此，我亦如此。

山河怎样，我就怎样！

黄河石

在黄河，我捡到一块彩色的石头，

我不知道这块石头有多少年了，

一亿年或是几亿年？

但是我知道，它源于这条大河，

坚密、润泽，
有质有形，
亦有重量。

有人问我这块石头像什么，
我说不像别的，
它就像一块石头。

一块石头能够被人称为石头，
已经是很高贵的，
很幸运的事了。

张二棍

悬河

无休止的流淌，也正是
无限的苦役。一条河
用自己恒久的失眠、疲惫、疼痛
从高原，搬运来这么多
血肉般的泥与沙。从郑州起身
黄河将步入它的下游
现在，它缓慢、温柔，却不容小觑
仿佛一匹气喘吁吁的史前神兽
小憩在平原之上
而那高于平原的身躯
散发出神秘而又苦涩的气息
氤氲在天地之间
让每个目睹它的人
都一边流泪，一边欢呼
像是从它苦水里逃生的幸存者
又像是，它一路苦役的陪同者

夜望嵩山

中原以西，群山是一团冥顽的暗影

肯定有一群高僧，正站在漆黑的中央诵经

而他们头顶上的戒疤

如一颗颗呼之欲出的星星

我听不到他们念诵的佛法

但能从无尽的闪烁中

辨认出，德望最高的那个僧人

今夜，我在嵩山脚下，像一个依偎在

袈裟旁的俗人，从群山的肃穆中

获取了无穷的赐福，与教诲

黄河文化公园里的三座桥

相隔不远，又相隔百年

一座斑斑锈迹，另一座如雨后飞虹

而中间那座桥，正有火车疾驰

远望，仿佛同时行驶在三座桥上

三座桥下，黄河洗刷着每一个桥墩

像不知疲倦的母亲，搓洗着

三个孩子的，一根根脚趾

辑
二

蓝　蓝

歇晌

午间。村庄慢慢沉入
明亮的深夜。

穿堂风掠过歇晌汉子的脊梁
躺在炕席上的母亲奶着孩子
芬芳的身体与大地平行。

知了叫着。驴子在槽头
甩动尾巴驱赶蚊蝇。

丝瓜架下，一群雏鸡卧在阴影里
间或骨碌着金色的眼珠。

这一切细小的响动——
——世界深沉的寂静。

山楂树

最美的是花。粉红色。
但如果没有低垂的叶簇

它隐藏在荫凉的影子深处
一道暮色里的山谷；

如果没有树枝，浅褐的皮肤
像渴望抓紧泥土；

没有风在它少年碧绿的冲动中
被月光的磁铁吸引；

没有走到树下突然停住的人
他们燃烧在一起的嘴唇！

荡漾

如果把古往今来的郑州地图

按照时序铺展开来

制成一部动画片

你就会发现

这片土地

就像是一个荡漾不息的

巨大涟漪

既然连地平线也不知道

这涟漪的终点

那么，就不妨把它

当作不断睁大的眼睛

黄河

是它飞扬的眉梢

嵩山

是它黛色的眼睑

米字形交通网

是它闪闪发光的睫毛

而炎黄二帝

则以大山的姿态

坐在

它那花蕊似的眼底

按照动画片的逻辑

接下来，轮到目光上场

故事是这样的——

那一群呼啸的铁路和奔跑的公路

以及从航空港区飞向天空的

一条条航线

正是这片土地荡漾的秋波

从当下的情形看

这荡漾的目光

正在合成一根巨大的缆绳

拉起郑州

拉起它身后无边的楼群

和星座似的工厂

拉起像蝴蝶谷里的蝴蝶那样

翩然翻飞的梦想

奔向地平线

飞向太阳

张晓雪

丹江

养鱼虾，也养水稻和橘子，
一江碧水的滋味，因过于清冽，
而使弯弯的谷物口舌生津。

养白云、星星，也养感人的日出，
涟漪缓慢得像好日子流逸的闲笔，
四面吹来的清风借一阕词
与它押韵。

竟然是曲水流觞，用镜子载体，
与绸裙、手机互动。
八百年流水并非虚妄，欲望、膨胀
和不屈服的韧劲皆可濡化、冲洗？

居然是梦境，我屏住呼吸，
顺着你手指的方向
把一泓浓墨提到眼眸，

僵硬的思想泼成了一片江湖。

依旧是碧透，船至江心，
丹江就更像一首诗了。对岸渺茫得
有再多的忧愤与不平，
都将化作喃喃自语的平心静气。

端着江水贪饮一杯吧，
款待自我，如同套用了丹江的形象。
在一个不着边际的陌生水面，
经得起丹江的审视。

在接近阳光的甲板上留个影吧，
给隐秘的流速和空前的寒绿
添一幅插画，

让渺小的生命静静的，
波动胸怀天下之隐晦。让你，
本真为丹江水——

居庙堂之高则充盈，处江湖之远
生出骨骼。

汝瓷别记

盘、碗、瓶、樽⋯⋯
光晕保管生活的仪式感，
瓷器告诉我什么是待客之道。

色青如水，
保持着生命成长需要的融彻与润洗。
腻玉相触，直指人心纤毫，
深谙你窄窄的困惑。

分明是触手有情，恰如神之所愿：
风吹作乱，抵不过瓷面月色
那深浅明暗的变奏。

帝王无情，抵不过瓷釉异幻。
润肌骨，颤血脉，如同粗壮的树木
需要纤细的根须修筑。

粉青、天青、鸭卵青⋯⋯
穿透时光的样子，亦被时光肯定，

替我们表达着绢姿身轻、美德驻步，
表达天空、湖泊，妆容和密语。

此时，有人听命于一抹淡淡的青质，
诗的成色在换韵，无法描述的过程
也是重生的过程。

此时暗淡的地方，瓷骨开裂密如鳞片，
亦是非遗项目。像解冻了的肺腑之心
欲与蓄满泪水的静相认。

且每一件瓷器都耐得住性子，
一路匠心倾听世界，一路教导
派送一纸碧穹，以它的古意

馈赠我无限，和无际——
同为意幽所在，身处其间
不知该站在哪一边。

杜　涯

嵩山之约

第一次见你我还年少
那时你在云中，壮丽到崇高
而我有更高拔的理想：它攀登
站在你的顶端我伸手摸到了天空

多少次我奔向你
我理想如风，心如风
一年年，在你的群岭上
在更辽远的伏牛、秦岭、雪山上驰骋

如今我已知道：在我们人世之上
有多少更不可测的命定
你的上升对应于我的成长：
无物能超越于更高的法则、永恒之上

如今持久之物也让我懂得：我只是
短暂驻留，不久后我就会是告别

宽阔者，愿你黛青。若有来生
愿你还记得今世的约定：

愿来世你我仍无邪，崇高如星
你还是你，我还是我
你仍是云中君
我仍是山上风……

雪中的树

雪下了一天一夜后
屋旁的高大树木上全都落满了雪
茂密的枝条上，积着厚厚的纯白
——时间的梦境中盛开着白花
远处，街两旁，公园里，园林中
所有的树木都被雪厚厚地覆盖
大地上只剩下：相像的褐色和白色
一些树木用残存的黄叶在其间增加着美
所有的树木在雪中美而无言，无言地
纠正着地面上的无序、脏污、混乱
并为人世增加着安静而美的高度

在许多的寂静处，那些树木都在

雪中静静地立着：法桐树，银杏树

它们只是在雪中安静、温润静立

它们自己的美丽似乎自己不知

而我要感谢这些雪中的树木

在冬天之上，在人世之上

它们让我看到了安静、纯白、光芒

看到了世界的不曾离去的普遍的美和秩序

记得有一年雪后我从外地回乡

长途汽车缓行在银白的平原上

在那辽阔的平地上，处处是温宁的

褐色和白色：村庄，田野，河岸，以及

遍布地面的一片片的树木和树林

一路上，它们全都安静在雪中

用宁静，用辽阔，一遍遍地安慰着我

安慰着我的无尽颠沛、凋败的心

无边大地用银白、深广，用其中的诸多

沉默的事物，延伸、滋养着我的眺望、注目

多年了，生命中的上升部分我从不曾遗忘

那些安静的，始终陪伴我的心灵上行

而现在，在雪下了一天一夜后

我知道：我该到河流边去了

那里，树林茂密、绵延，它们

在雪中，用萧森，用静寂，在等着我

（多少次，我的心因河堤在雪中的银白横陈，

因雪中树林之上的萧森、广阔而疼痛）

我知道在树林的沉寂深处有怎样的温暖、宁静

也知道在树林之上，在那萧森、广阔里

有怎样的沉静、光明、永恒的路途

——它会带我离开得更高更远

而在去那里之前，我要先去看看街上的树

广场的树、湖边的树，我要记住它们的安静

我要长久地记住：比起繁闹之物

雪中的树带给我们的美和建构更多

……带给我们的纠正和重建更多

张鲜明

在千分之一秒内，我回了趟老家

在千分之一秒内
我回了趟老家

下雪了
暴雪

我走着
找我的村庄，找地下的
父亲，找冬眠的虫子

找严陵河，找黄龙泉，找甜水井
找花喜鹊，找叫天子
找庄稼地里的仙家
找仙家驾着的那朵白云

在雪的被子下面
我找到了正在睡觉的肥胖的麦苗

却没有见到草，没有看到冬眠
的虫子，没有遇到仙家

当然，在老家，我并非一无所获——
我找到的是
大把的
寂静

是谁把自己的想法放在了这里

这些汝瓷
樽瓶钵碗缸壶洗盏
如同按照某种秩序排列的
一颗颗青色星体
拍打着，也膨胀着
整个宇宙

这一抔一抔被火点亮的土
一定是走了很远很远的路
才抵达这里

你看
它们此刻扑扇满身的光羽
娇喘吁吁

寻不到青瓷背后那些骨节粗大的手
看不见瓷器上神秘的指纹
但可以清晰地看见
深藏于每件瓷器里的
青色的魂儿

是谁
把自己的想法放在了这里
回答我的
是眨巴着眼睛的空气

丰收

我知道我的五月已经来临
五月，它在我身上一边收割一边种植
麦子堆入家中，水田平静地闪光
秧苗，已一排排站好
像小学生们列队在清晨的操场

我知道我现在的样子
分娩的姿势和受孕的姿势，是
同一个姿势——
啊，第一次
我很想这样向谁称颂
我那结满籽粒的心弯垂着沉沉的金色

我是金色的。我是绿色的
我是阳光和月光。它们交互在我身上生长
我是田野，我也是山岗
隆出沉默在地底的狂猛力量

河流、微风、禽鸟们各种各样

嗓音练声的合唱……

岁末

到黄昏

皱纹，也垂挂下来

一年年，如贵客临门

尚未款待，已欲辞别

无可感伤。谨守习俗

给三两个人邮去祝福。也洒扫房屋

端端正正，贴上

红条幅

稍晚，还有一两场雪

还可以等待——

还可以变成白色，暂时

像一朵雏菊刚刚绽开

田　桑

写在一张红桦树皮上

龙峪湾北坡的红桦林里
那一百头饥饿的红牛！

那将一百头红牛赶进红桦林
之后返身爬上犄角尖
去吹笛的放牛娃——我想我认识他
他的笛声曾引来一场咝咝燃烧的
大雪，还有一只白鹤

我认识他应该是在这一只白鹤的梦中——
大雪用它咝咝作响的电流擦拭群山
以及群山之上，生锈的月亮

在电流慢慢的擦拭下，月亮醒来
露出它纯银的质地、它的微笑
在它纯银的镜子中我看见
一个坐在山顶的放牛娃

正沉醉于他的笛声

（笛声像一束光，打在

他身上，而四周陷入幽暗）

我想我看见了他背后那一片

红桦林幽暗的饥饿

那林中嗷嗷待哺的一百头红牛

那八百里伏牛山的辘辘饥肠

可不是一场大雪

能够喂饱的

大雪加上笛声也不够

加上放牛娃和他纯银的镜子

也不够。如果可能，还得

再加上一只白鹤，以及

一首诗的阴沉、苍凉、空阔……

阿　娉

白鹭恋水

白鹭从遥远的青天折回
七里河里安营扎寨
她眷恋清澈的河水
和两岸的花草

修长的双腿站立岸边
站在水中，飞起又落下
千种风姿万种风情
美丽的倒影尽收镜中

白色的舞裙上
闪烁太阳的赞美之语
收纳着明月的叮咛嘱托
续写新的郑州八景

你已失踪多年
杳无音讯

是谁将你唤回，又将你
作为画龙点睛的素材安放

你叼起一尾小鱼
望着一对戏水的野鸭
岸上的玉兰枝上
栖着灰喜鹊一群

这是城市还是乡村
是清代的蒲泽
还是现代生态的河道
是繁衍生命的摇篮
还是锦上添花的游栖仙境

白鹭恋着水
我恋着你
一次次按下快门
摁住心跳

嵩山

云落在掌心。飘逸成诗的羽翅
在山间飞翔。而思想
被阳光穿透，点亮

山石与青砖链接
儒释道相互结构
在嵩山的臂弯里打坐

最好在禅心居住上一晚
让嵩山的松涛荡尽肺部的浊气
让嵩山的泉水在血管里叮叮咚咚

焦桐的情怀

我是一棵树
长在黄河古道边
我在大河最后的转弯儿处
守望着这里的烟火人间

穿越世纪的风雨
我在朝霜暮雪中期盼
那棵棵幼苗
已成栋梁　迎风招展

风吹麦浪时
我的故事还在流传
当沙丘已成碧海
我将为这块土地代言

习习春风来　泡桐花儿开
大地已被七彩涂染

我在时空的穿越里
把感慨融入蓝天白云间

我在夏天的大雨里
追忆激情岁月的苦辣酸甜
我在秋天的无边落叶中
捡拾起片片挂念

当冬天的雪花飘起
我就在迎风歌唱中呼唤
在风中站立成一种信仰
让信仰的光芒无比璀璨

给信仰一种坚定
给坚定一股昂扬
给昂扬一份奉献
用奉献凝聚力量

当这种力量插上精神的翅膀
琴声悠扬传四方
农家小院的欢乐
已融入新时代的梦想

我矗立在这块儿土地上

凝天地灵气　用初心仰望

我深爱这土地　在这儿

——留下焦桐①花开的芬芳

---

① 焦桐，是焦裕禄同志当年亲自栽下的一棵梧桐幼苗，如今已长成参天大树。

程韬光

乡村

我坐在秋水上怀念你　乡村
因为我的女孩　我愿回到你的怀里

让我们在无人知道的林子安家
雨水注满花的酒杯
让我们开垦一片农田
月光照着我们在户外劳动

我们去走遍林子
找回一些情事
我们默默坐在水边
了解隔岸黑色的庄稼

麦子长高了
孩子会来到我们中间
穿过铺满枝叶的天空
他们将我的爱情传开

为了我的女孩我愿再回到寂寞的乡村

直到有一天　阳光帮我们卸下包袱

你摘下的草帽在麦田

永恒燃烧

八月

八月　你的浆果覆盖我

这自然的恩赐使人受宠若惊

遥远的时间　在天空

我的马　漂泊不定的灵魂

从未知的树下向一万个方向飞翔

直到累了　双脚扛我回来

真实的你的胸膛

温暖得令人忧伤

风徐徐吹来，吹响身后的万物

草叶乱飞　谷穗摇晃……

鸟的声音在树木上方

声音穿透你

鸟的影子却看不见

茫然四顾——

就见炊烟　纤绳的路径

以及果园的柠檬花香

我风尘的衣衫曳过时间透明的水

耳朵呼唤声音　眼睛探寻亮光

我的船暂栖

让八月浆果覆盖了我

单占生

佛龛前的油菜花

先是被鸟吃到肚子里
再是被鸟拉在石缝间
本该变成一缕香魂的油菜籽
偶然在这佛龛前修成正果
因了在这佛前灿然一放
真该感谢那光突鸟喙的啄伤

古阳洞前

站在半崖边的古阳洞前
隔着栅栏
看杨大眼造像记
突然想起杨大眼的委屈
本该是无迹可寻的礼佛
偏在石头上刻下有棱有角的文字
一心礼佛的杨大眼兄弟

怎么也不会想到

那一方方

法书刚烈

刀工精妙

凸出石头的文字

正是他无法近佛的

关闭的石门

邓万鹏

车壕村

现在　以车前子的现状　伏在陕县

看车壕村的车辙间歇性飘动

从以前的洛阳往西看　怎么看也看不见长安

进山后　你们有更多出土机会

从脚趾上上路　看一百如何繁殖一百万

一千万的小滑轮

滚动　围绕地球

领春木旋转黄土磁盘

大地　在太阳盖住月亮的地方出现

星光多么轻啊　织满

翅膀的夜晚

反复重复的平原　风与伏牛山

拉着泡桐花　下雨的紫槐　从鞭梢甩下地雷

有缩水的一捆闪电

晴朗的蟋蟀

飞溅　那当然是一种河南的飞溅

可泥浆是什么时候凝固的　说啊

云朵是不是泥浆　水磨石　马蹄的模范

多么深的陕州啊

你磨亮水平线的黄铜阶段

在车壕村滚动车轴

数也数不完　从车道沟飞出的红轮

被重叠挡住的红轮　这早晨卷不完摊开的丝绸

丁进兴

颍河，穿透尘世的眼睛

我在回望的眼神中寻找尘世的美丽。
河道弯弯，她朴素而恒久的吟唱
裹挟着历史的因果。
水，是我生命原乡里的一剂补药。
吸纳世间的炎凉

飞泉穿透尘世的眼睛，
穿越高山罅隙的流星，
炊烟，缠绕着孩童的啼哭声，和狗吠一起
牵出尘世的烟岚。而那座石桥，
像身着蓑衣的老人，终日端坐在太阳的余晖里，
河面上突起的立交，是它勾画的新时代。

我也是尘世里的一粟，伏在田埂，
在历史空旷而匆忙的脚步中，
每一朵浪花都是时代显扬的坐标。
有时候抬头看天，星光是隐匿的。

而人世沧桑，无非黄土一抔。

水是世间最朴素的真相，在
热闹与喧哗中，它始终是冷静的。
我喜欢一个人在河道边行走，
波光粼粼的鱼儿
想往天上飞，我猜想，它下世的轮回
莫非就是天使。

董　林

大河村遗址
——陶房

火
在尼罗河畔
烤熟面粉

火
在黄河流域
烧滚谷粒

当然，更多的是
烧制
一只一只
惊心动魄的彩陶

其实，火
还有一双温暖的手掌

烧结，拍睡
一座一座房屋
一个一个村落

就像，那些
倒出了
一条
东方大河的
红色的彩罐

杜思高

榆钱

青葱，嫩绿，谦谦君子
在我故乡的枝头，心连着心
一串串单薄的身影，养育着春天
在饥荒连绵的年代

被风抛起，再落下
就像在尘世，我们被命运抛起又落下
反复不已

今天，在城市的餐桌上
遇见榆钱，一片一片被裹上面做成美食
有针，忽然在心上扎了一下
此时，榆钱正开满故乡的枝头

宝天曼的春天

当东风孵化出暖意的时候
石头们翻了个身，被萌动的青草举起
春天的力量就是这样，无与伦比

秋林谷飞云瀑云霭缤纷，瀑流们争先恐后奋不顾身
金钱豹睁大的眼睛被春光填满
葱绿的树叶做了睫毛
整座山湿润起来
力量在山林间回旋
听得见和听不见的汇聚在一起

在春天
大地的力量一定是最先从山体内部苏醒，升腾
通过汩汩的山泉汇成溪水，跑出山谷
就像无私的母亲
她们拼命挤出自己的乳汁，喂养子女
她们的心有多善，湍河的水就有多长
浩浩汤汤

直到汇入白河，再汇入汉水，流入长江
汇成祖国奔腾不息的血脉，源远流长

冯　杰

香严寺记

随便掂来两个打盹的竹凳
我与中午刺眼的阳光对坐
皂角树一边馈赠我两个影子

一只乌鸦啄着空壳里更空的寂寞
要衔给寺院门口那棵银杏
也要用于打盹
我断定瞌睡里有一钵水

墙外几辆韩国现代和德国奔驰
尾气在试探一下墙里
一棵宋代桂花的脾气

简单的风铃转化成了液体，流向低处的老城
上寺和下寺商量要合并檐上铃声
让我从竹叶上提前倒出来
用新笋的态度呈现

我看到四周山野统一成绿色水柱
那一只乌鸦影子在竹椅里晃动

太行山上的椴木

我曾经看到山里成片的椴木
材质坚硬　　不易开裂
且耐磨损　　抗腐蚀　　不同于草本
不同于丛生的灌木　　它是椴木
我看到那些精细均匀的纹理
是河流走向，那些直纹都是华发

在中原它常常被用作了房椽
在上面摊泥布瓦　　密布风雨
还用于支撑矿坑深处的掌子面　　防止倒塌
更多人家用于制造家具
譬如一张吃饭待客上供的桌子
在上面安放上盘子里的生活

椴木还会坚实地贴着胸膛

用它支起一条山里的抗争

还有一种功能　用于制造抒情

同样使用椴木组合艺术

长的枝丫作绝句　短的作了书法

我曾多次同你上山

在太行山上通览那些木质的山民

它颈直挺拔　那些椴木

依着悬崖像依着即将奔去的群马

在椴木身边　还有许多其他树种

增加着山的不同层次

譬如橡木　山毛榉　桦木　栎木

譬如崖柏　黄荆　带领它们跳过山崖的一棵樱桃

高春林

雪后九峰山

或者在雪后来山上走走，就这样，
而不一定选择春日。累了就在石墙下
抽一支烟。我一直保持着好奇——
九峰并峙抑或女舞于峡谷，
人们赋予石头不再僵着的表情，如此
要让消失的人活过来，如此薄冷的
山有一个真实感，如此雪即清奇。

一只黑鸟从峰顶倾斜而下，画出
自由的弧线。石阶似乎在永远向上顺延，
在撇开来时的人间旧事。谷水似乎是
峡谷间一个收缩镜面在照见我们的行踪。
我们踏着石上雪迹，想到先前人的
神秘游仙诗，四海星辰出离了现实之困
那个隐逸，即是给内心一个观自在。

在这里走走，有一个石寨向我敞开。

每一个峰都是一个独立。并峙也即商议。

不考证什么，我们所有的词都是一个山体。

三年了，再上九峰山似乎我也有了浩渺。

汝瓷小镇

雪后的上午有爽目的清凉，

汝河湿地在冰凌的镜下找天青。

走进汝瓷小镇，

——镇子亦如瓷的色泽。

我想起了手艺。有用或无用的

手艺，绮梦般幻化出时间——

我们看着那些植物石、铝矾土、泥坯，

以至于瓷器——时间就是手中器皿，

就像我们的词，即便虚妄，

也有一个时间的真身，这就够了吧。

河流在朗诵，抑或给时间以血脉，

却不再是秩序、速度、晦暗……

几只白鹭划开水面，一个女人手挽桃枝，

瓷的光泽漫延出更多的妄想——

我就想，那就站在虚妄的一边，

我就想，有生之年就住在这样的小镇
甚或山涧，荷尔德林的正午也是我们的。

高金光

黄河湿地

这辽阔的一片草野
这茫茫的一滩芦荡
这连绵忽闪忽闪的水塘
这不断起起落落的飞鸟
谁贴近就会呼吸舒畅
谁亲近就会眼睛清爽

黄河，母亲般柔情
环抱着、滋养着这方湿地

生态学家们，把它
比作大地的肾脏
多么贴切
难怪在这里
人会感受到健康和幸福

想象黄河一路走来

她该给沿岸馈赠多少肾脏
那是大地的肾脏
也是人民的肾脏呵

黄河不能断流
现在，从保护湿地开始
我们重新学习保护黄河

高旭旺

低处的光

我生在黄河以北，村上人
嘴上喊它，豫北平原。一眼望去
不论村头村尾，房前房后
连一个土塬、山峁都没有
一条小溪，清凌凌地
从我门前流过

我常常在河流行走，树冠上的
青鸟，追着蓝天和白云，展了展
羽毛，把太阳吃剩下的寸草、闲花
交给家人，去搬运雨水

雷电、星辰、风雨，在高处
与炊烟、鸟鸣相遇
而找不到自己交流、对话的地方
这些精灵，从高处
慢慢地滑落。也格外珍贵

因此相互纠结、忐忑
失去了各自应有的高度

我的父亲，还有爷爷、奶奶
生长在豫北平原。他们一生
也摸不到高处的事物
只有默默地坚守，耕耘
低处的光

炊烟是家乡的灯火
鸟鸣是一种万物之上的高度
我的家人一生所做的事，习惯性地
把雨水省下来
去浇灌庄稼，滋润光景
高，高不过我父亲肩上的锄头
和我母亲手中的针线

海　盈

巩义宋昭陵怀古

豫剧，从雀亭唱响
一派升平
神道的大象瑞禽，文官武官
守护不凋的岁月

土黄色的陵上陵下，草木
荒芜了谁的眼睛？
仁厚的仁宗，坐在史册里
陶然于粟米丰裕文化狂欢
阙亭的石狮子，满腹悲欢
却缄默不语

高楼围陵。起于河洛的风
抚摸盛世光阴。一群儿童
在萨克斯管乐中嬉戏
穿行于雄狮基座

韩　冰

浚县泥塑

那天他去送我们，风很大
一直在身后吹，头顶的阳光
在黎明的岸边抱紧
泥咕咕泥哨泥人泥狗狗泥猴
这些蓓蕾
投入公公婆婆来不及爱的怀抱
和他们沉默的村庄
石阶上的同心柏，虬根盘结
丝带低垂
时间的花冠又回到老地方

在他的视野里，世界如此辽阔
一捧黄土、三千青丝
和鬓角上的霜白
铸成一座座泥塑的庙宇
和莲花
弹跳出他的肉身

于胎泥之上，闪现出一世的英名和清白

它们是轻的，我似乎就要触到他飘起的衣袂
古城墙下，我们像一群淘气的孩子
走着走着，突然就静了下来
比起我的爱，仍有那么多的人
赞美，咏叹
未知的一切，都将被祝福
与认同

我喜欢的事物都在它身上

邓城，一棵高大粗壮的、张着华盖般
像老房子一样敦实的银杏树，发了芽
长出一层嫩嫩的绿衣，毛茸茸的
在宁静之中趋向更大的宁静

它从村庄的一角伸了出来，努力向上
长出了无法驾驭的波澜，想起了就浇浇水
忘了管就任由风吹，它不争也不怨
自管自顾在枝蔓的顶端托起一片蔚蓝的天空

它长出大片大片层层叠叠的花形叶片
我必须仰视，才能看见它华丽的树冠
我必须向下，甚至低于尘埃
才便于立身：我喜欢的事物都在它身上

寂静的风中
无论本心，还是那些节外生长的枝叶

郝子奇

石大沟的早晨

星星还在天空
阳光已经落在山顶
天空褪尽了所有的黑
正行走着淡淡的浮云
这个时候　石头里睡着的人
已经起身　他们要去挑水
或者走向泥土　那里有一些沉睡的事物
等待他们的唤醒

在这样的早晨
要忍住咳嗽
不要惊动树林里的风
望见花开的蝴蝶　因为梳妆
已经落后于不修边幅的蜜蜂
最早醒来的　都在地下
它们隐藏了自己的热身
然后用足够的力量

举起厚厚的土层

在太行山　　只有在沟底的村庄

早晨还凸显着阴影

最后的黑　　在石头缝里

阳光的手　　伸进去也看不见

这个秘密几千年　　或者更久

因为石头的沉默

至今没有走漏风声

第一遍鸡叫声的时候

请不要出门

传说这个时候

许多的先人正在出村

几百年来　　他们睡在附近的泥土

不肯走远　　常常在夜晚

看看生生不息的子孙

我可能与这些影子擦身

人们都去劳作

我在村口站着

不时被谁推着　　晃动一下

村口没有人　我的晃动
使影子脱离了肉身

喜鹊登上了枝头
风已经在村头降临
细小的蚂蚁爬出墙缝
得到了一粒米的馈赠
我看到了这些喜鹊
它们跳到了蓝色的瓦片
翅膀上的羽毛正被霞光染红

这些喜鹊的飞
扇动了石大沟的早晨
我看见　最懒的人已经出门
他们挥动了锄头
泥土在阳光下松动
因为挖出了藏在泥土的黑暗
他们的脸上　有了汗珠和久违的笑容

纪　哲

五月，在滑县的麦田

一到滑县
身心就完全淹没在如海的麦田

像遭遇一场注定无法逃脱的情感
你的眼睛、耳朵、鼻孔和喉咙
被她的色彩、声音和气息
一股脑热烈地包围、占满

汽车在麦浪里行驶
麦浪是村镇的摇篮
五月的麦田风光
正在加紧为滑县乃至大中原
赶制最美的丰收画面

是机缘也是必然
从城市生活的逼仄
被一路带进这一望无际的麦田

心里要多美有多美

要多喜欢有多喜欢

要多情愿有多情愿

风一直在诉说

那条滋润整个中国北部麦田的大河

经历过多少曲折

从古到今一路奔腾流向明天

大河两岸的每一株小麦

都虔诚地怀着

金子一般沉甸甸的信念

而真爱的种子

播在哪里

都会情深义重、义薄云天

置身于这五月滑县的麦田

再坚硬的块垒也要溶解成热泪

眼界，被麦田拉开再拉开

心胸，被麦田拓宽再拓宽

孔祥敬

北龙湖的心跳

最柔软的心跳

随一丛芦苇

荡来荡去

桃金娘，长发碧绿

托起一个青春的诺言

猫眼石

似一颗虎牙

美到错落

恰如这湖岸

书架上的经典

无数伸展的长臂

琴斜拉

松涛起

风藏幽篁

智慧岛如一枚星宇

按下如意河指纹上的密码

李　霞

洛河

去河边洗手
发现一棵石榴树长在我的脸上
还有几只蜜蜂游来游去
头发成了一丛黑草
外边的世界果真精彩
索性躺下认真体味
白云无边无际慢慢腾腾滑动
鸟却都是一闪而逝
闭上眼睛
想什么就想什么

想祖先们这样的机会太多了
但他们却不敢这样
这样就会轻易被野兽美餐
这样也就不会有我了

我这样的机会也只实现一次

有时工作生活累了烦了
猛一想起就是极好的逃避

黄河湿地

芦苇赶着芦苇
一堆云彩生出一堆云彩
一片狗尾巴草叫我弯下了腰

野兔，一只野兔
多看了它两眼它就不见了
童年就这么一闪而过

鸟的细碎绒毛
还有黑白相间的小眼睛
一蹦一跳，表演音符

从水面从草叶上沁出的雾气
飘飘渺渺虚虚实实似有似无
梦就在眼前

远处的大桥

把落日一次次放大

火车过时画面生动极了

地球的肾人可以重造

自然无法复原

道法自然

草说明着水

鸟说明着草

湿地说明着一个城市一群群人

李智信

家乡的雪

家乡下雪了

村头老屋站成鹤发的老翁

这日午后，银被盖过原野

天空被晶莹挂满

古城垂下眼帘任雪花轻拂千年沧桑

街道那一棵棵梧桐，仿佛罩起崭亮的披风

车灯射向远处像一幕童话上演

辅道牵手的情侣，蹚着雪前行

家乡这场雪，我只能从微信看它的新美

大河早已把我隔在了这岸

三十五年的天空，盘旋着游子的梦

雪儿啊，莫非你只对家乡钟情

让独在异乡的人儿孤零

你飘过来吧

再飘远些

吻江南的湖泊，润北国的峰岭

我等待，呼吸家乡的味道

琳　子

过年

过年需返程
从省城到县城，从
铁路到公路乃至脚步丈量。村子
就在那里
父母就在那里
青砖红瓦的北屋就在那里
小麦的根就在那里
我要回到那里，长跪磕头

我要回到那里，从小麦根上的
泥土走过。麦田中间
是阳光和雪。我小跑着
从阳光和雪的中间穿过，回到我的家

是你吗，我的孩子
是我，亲爱的祖母
我要给你磕头

——腊八，插花

祭灶，点炮！我要给你插花

亲爱的祖母

我回来了

给你磕头

我要给胡同和门槛磕头

给门框上的旧年画磕头

给那扇又小又窄的木格格窗户磕头

给老煤火老灶台磕头

大铁锅，明晃晃

扎围裙的母亲带领她众多的儿女，又开始了劳作

我要长跪下来，以额抵地

我要去坟地给父亲磕头

他喜酒

就给他带上一瓶老酒

他现在是在土里，刷金漆的棺材中

平躺。我相信他看着我

我相信他什么都知道

我从他那里重新获得爱，获得温暖

获得快乐，获得力量

因为他在这里

我会永久想念这里

我要给杏花磕头。它们马上就要在麦田中间

绽放。我要给所有的柳树磕头

它已经长出新的叶芽

我要给院子里那群，呼隆隆飞来飞去的老麻雀磕头

因为它们从来都没有离开

我要给蜡烛和火柴磕头，它们就摆放在牌位边

我要给老棉裤磕头，它正穿在母亲身上

我长跪不起，以额抵地

静等门户开合。静等四面八方的祖宗和神灵

轻唤我的乳名

刘海潮

又见黄河

冰凌还在夜的那头
夜的那头漆黑一片
我摇醒阳光看着你
看你在河岸上的麦地
一下一下拨动急湍

两年了，我在日历的两侧
默然无语。静观河水不停地
涨起，又落下
淘沙的船儿曲折蜿蜒
把我的目光拦腰截断

无奈，或者欣喜的日子
我都会在岸边，不停地
用视线留下你的图案
打开记忆，凝思
遥望，浊黄盛满双眸

河水触摸蓝天

元旦刚过，阳光丰满
我用一杯酒的力量走近黄河
想着河中的水流和岸上的麦子
哪一个让我归于平淡
哪一个把我重新点燃

平原深处

凌晨四点，大地空无一人
黑到极致，便泛着白光
许多悲伤都已沉寂
一同沉下的
还有往事和遥远的村庄

大地深处，夜的深处
钟声为谁而响

我只是在青灰色的凌晨
寂寂歌唱

刘静沙

海棠寺

名字都模糊了
不知道是海棠寺
还是海滩寺。不知道是否存在过
一片寺

海滩寺地铁站
是真实存在的。大流量的人群
从地表涌入地下
又从地下回到人间

附近的苍蝇馆子里
挤满了食客。有腆着肚子的胖子
也有巧笑倩兮的妹子
弄不懂是弥勒们混入了市井
还是菩萨们偷来了凡间

人声鼎沸的海滩街。海滩

是不存在的

真实存在的是海棠。每一朵花里

都藏着一爿寺

回响着诵经之声

刘亚博

虢国

在春天的繁华里
我遇见了一段时光的痕迹
虢国的王子
是谁赐给的念想
在这里为一段往事叹息

这里是遇见故人的地方
没有香车宝马香满路
却有东风夜放花千树
杯酒的涟漪荡漾在心头
一念间数千年已过

试想在原地守候
从花开到叶落
除了惆怅酿造的酒
还有什么在岁月里沦落
唯有怀念在洗尽尘埃

虢国

一个被遗忘的国度

她的余音在中原的街头

在询问一模一样的春风里

究竟有多少多情的日子

牛　冲

登嵩山

这些鸟鸣、清泉及花间虫兽，
从早晨开始从石后踊跃。
来不及修辞已高耸入云。
此刻正当远行，忘却镜花水月。
热爱一草一木，虚怀若谷。
如若于观内饮酒纵乐，
理应与白云高山流水，
若鸟鸣不是句号，
修辞理应比卢崖更长。

那因生活而生的疲惫，
焦躁，因行走而生的不安，
都因秋风而落满积叶，所有的
挨冻，受困，痛苦，眼泪，
甚至因爱而生的恨，因
厌倦而迷茫的心，都因静寂的
风而显得微不足道。

去云台山

几句话的工夫，天色就暗了

我们坐在山中，果实

垂下了它的秋天，一场诗事

黏结我们的碎片，金子摇晃

在艳丽的修辞中，山顶上的月光

沉默，一句远处的回声，我们交换

张枣的技艺、音色、节奏

踩着水流的节拍，卸下安静和惭愧

反复咀嚼他句子中的褶皱，面对

移动的废墟和甜

你讲起了死亡的诀窍，讲起了

过去岁月的崇高，甚至

不由自主地站了起来，抖了抖身上的微尘

讲起了如何建立一家诗歌

检测鉴定中心的事情，只留下空椅子

坐进了秋日的云台山

彭　进

在观星台，邂逅一场桃花雪

三月桃花，次第开放

时光打磨出了明媚的高度

春日的天空被群鸟叫得越来越高

雪花，敲打春天的门扉

在观星台

回声荡漾，如同清风，亲吻柳枝与细浪

在这里，数千年的星光汇聚

此刻

远足归来的候鸟

用坚硬而温柔的喙

衔起柔软的雪

以春色为镜，梳理崭新的时装

漫山遍野的雪花敲打春天

敲打一朵花的蓓蕾

敲打一棵树的嫩芽

敲打一粒露珠的私语
敲打深藏人心的憧憬和力量

雪花敲打春天的回响
这个时节，一朵花
开启了对另一朵花的爱慕
一只鸟的展翅
意味着一个季节的飞翔

萍　子

重阳节登伏牛山并访函谷关

到豫西大峡谷来看秋色

满山却蓬勃着春的温暖

天蓝，云淡，山青

瀑布跌宕，溪流潺潺

大枣已收藏起夏日的火热

寺河山的苹果秀色可餐

过了一个叫秋凉河的村子

东汉村的野菊花呀

染香了美人的衣衫

看紫气东来

青牛的蹄音隐约可闻

大道通天，函谷关

挽留住一部五千言经典

噢，那时

是一个怎样的季节

那位双耳垂肩的智者

有着怎样的容颜

我能再次遇见你吗

在重阳时节

在这样一个美好的秋天

我会遇见你！对你说

先生，请留下来

我们还需要一首诗

抚慰心中的焦虑

和身边的苦难

邵　超

静居寺植树

一棵银杏，一棵侧柏，一棵国槐
还有一棵等着大家来栽

绿由心生
树由心植

栽什么树由你的心定
怎么栽树由你的心定

——在静居寺，住持双手合十
说又像不说，不说又像说

双目紧闭，手捂心窝
身为过客的我们——

静听，静记，静悟
各自栽下了各自的树

在嵩山听雨

我坐进自己的口袋

夏天倒向她的嫩芽

风撞向风

水进入更隐秘之水

我们好像某年春天

丢失的一只耳朵

总是支撑起某些陈年旧事

来来往往

今天早晨

我端坐如铁

雨水进行着盛大的集会

我们中间隔山隔水

沉香开始燃烧

夕阳高于一缕烟

田　君

武胜关隧道

山被人取走了一部分内容
变得不再完整

一种真实存在的虚无
被黑色物质填充

钢轨和枕木疤痕一样延伸
——钢铁的缝合术

阳光也经常会有无力感
因为总有一些事物它无法穿透

田万里

车过黄河故道

就那么匆匆一眼，匆匆一眼的

风吹在水面上，波光粼粼

鱼儿在荷叶下来回游动

荷花的馨香覆盖住了这个夏天

我的目光浮动在波纹里

鸟儿们的身影

唤醒了沉睡千年的故道

历史在这里渐渐模糊

枪炮的硝烟也已暗淡

一朵浪花腾空而飞时，我就在它的身边

陷入了鸟鸣

巨大的一声声鸟鸣，就在远方的

清澈里，上下起伏着

鲜艳的色彩飘来

诱惑住了我的脚步

阳光下，鸟鸣始终闪烁在感觉里

这里的黄河故道是多么清澈
没有任何一滴遭遇污浊

与我背道而驰的风
就像一条条夏天的彩带
在空中飘飞
尽管时间是匆匆的
匆匆地来去，在一片荷叶上
浸透了绿色，也有点点滴滴的
鱼儿似乎读懂了我的心情
它从风景里向我游来，游来
蓝天和白云，也在水中玩耍、嬉戏
青蛙引路，时而左右
时而蹦跳，时而一个猛子
潜入生态和自然的笔画
但荷叶上的水滴
把一切都灌输给了沉重记忆
黄河千年故道的沉默
因此变得晶莹

这里的黄河故道是多么剔透

任意一朵荷花，在美妙的同时

就会发现匆匆的我

也在它们的故事里，感受

黄河的萌芽、生长、开花、结果

沉重在这里，已经被绿色抹去

色彩开始占据我的心房，鲜花

生长在清澈的生命里

匆匆的一眼，就那么深刻

深刻得就像一滴黄河

奔腾在记忆里

吴浩雨

板山沟云朵

板山沟茶园的云朵修剪之后，看什么像什么
是一张少女的脸。堆砌的云朵住着女儿国
乖巧的乡村，像不愿露脸的彩虹
一朵云，需要照看另一朵云，免得稀里哗啦哭泣
姓袁人家帮忙指引的艾草，是最后的人间
简单过于粗暴的笔法，无法还原细腻的风景
风油精不算矫情，遮阳伞没能派上用场
帐篷，支起漫天星星。炊烟，还是那么令人眼馋
谁能读懂云朵的暮色的心情？
谁能拆散一对亘古的恋人？云朵
永远缥缈，苍山永远古老
竹林欢送归客。蝉鸣
收割着薄暮。雨水酝酿着情绪
驱赶，入侵暮色的人

太子山

太子山舍弃自己，隐没。
山水互为邻里，秦楚自古水火不容
却又暗生情愫

那片柑橘林，修修剪剪，结出
一江风雨。秋分时节
浪花可以分辨马达分离的痛楚
水面是大地最崎岖的部分，颠簸，撞击
一枚柑橘，分成瓣，孕育
甘甜。除了品味路途的苍茫
梦想难以怀抱的巍峨，仅仅剩下
时间，唯一的故人，清澈无际

我们还在一条河上，一条船上
飞驰。树木，做着标记
在幽深的阴天，寻找失散的亲人
云彩，帝王，百姓，还有长眠的人

吴元成

在王城岗遗址看见一个字

一道高岗，玉米金黄
旁边，五渡河扎进颍河的怀抱

治水失败的鲧作城
接着，禹启父子居之

一片残陶上刻了一个字
——共

共同筑城，共同治水
共同战争，共同劳作

村名八方，大禹才被
四面八方的人奉为共主

西　屿

我爱倒影着青山的绿水

我爱倒影着青山的绿水
它的绿，深不见底的鬼魅，水中的
树梢，有一点摇晃，我爱

它周围茂密的树林，我爱林中的
矮树，慢慢变黄的树叶，年复一年
的秋风

来不及谢的花儿，它在夏天
已开过，停在上面的蝴蝶，慢慢合拢的
翅膀，它的美丽，我爱

两边的峭壁，带波纹的砂岩
流水曾在它身上留下痕迹，风
水一样吹拂，我爱

石上的青檀，细密的枝叶

漏下来的阳光，碎金的明亮

它晃了一下，山中的岁月，我爱

朱仙镇

朱仙镇是幼时的门神

秦琼的双锏　尉迟恭的钢鞭

守护的陈旧的木门

案板后面的灶神，是每年的腊月二十三

亲手贴它上去的母亲

美好的愿望

威风凛凛的岳飞　手中的铁枪

圆睁的双眼　冲冠的怒发

是他的仰天长叹　壮志难酬

是一个清冷的冬日　阴霾的午后

岳飞庙里透出的

那一缕菊香

深深地浸润

外面老旧的街道，低矮的房屋
同样低矮的摊贩
艰难活在他们中间的
我的乡亲

夏　汉

在安山

丁酉年七月十六，与叶晓燕、王东东、王道刚、程
维全等诗友游安山，归来作。

安山的下午，连接一场雨
和雨一样清爽的友谊。道路两旁
稻田里，鹅给我们清白的
隐喻。烟云中，风景被淹没。
一座古寺矗立在峰顶——
貌似瞻仰比观赏更重要。
或者，膜拜是我们此刻的选择。
这时候，我看见你们的伞下
有两代人的情思。而他
想到更多：诗，或几个诗人。
你只想远在京城的女儿。
进得殿内，我们都压低了
声音，仿佛观音听得到
我们的心跳，也猜得到我们的

心思。走出大殿，像得到

神的一次宽恕。于是，

在蟾蜍池旁，钢镚从一个人

手中转到另一个人手中。

传递的友谊，像传递着一份

信仰。回头，看蟾蜍的

口中，就如同衔着给我们的祝福。

卧龙岗

忆辛巳年五月，那时节，天气已热。途经宛城西，

忽瞥见陡峭土坡，有人惊呼："卧龙岗。"于是乎，停车，

爬坡上去——

在高处，有几间茅棚，自然即是茅庐。

破旧之中，亦见时光的苍老。

有小溪流去，不见刘备、张飞。

童年的耳朵早已灌满了杂乱的说辞。

有人引古书印证，看有几分相同。

那时，没有导游，无人应答，

亦无须应答。唯有若干棵古柏

沉默着，为你默许。匾额煞是对仗，
勾画历史的陈迹。也描述了一个
襄阳知府的无奈。出师表
陈述的硬道理，比石碑还硬，
竟抹不去汉中王的眼泪，扶不直
阿斗的懦弱腰身。终究，木牛折于
山间，鹅毛扇跌落于五丈原……
现在，这里已是一个收费的园子，
作武侯祠。更多的建筑涂抹着
虚假，像童稚者在涂鸦。池塘边
我想象诸葛的凤愿，孔明灯
在风里飘摇着。茅草棚里没有蜡像，
只有空，才有更多。才让对话
不偏移于隆中。卧龙岗重现踪迹
一如原初的土岗，而不化为
记忆或梦。历史终会窥见自己的身影。

艺　辛

束腰的女子

六月的土地一片灿烂
风从沉重的穗顶走过
不留痕迹　六月的太阳
把麦穗照耀得几乎透明

束腰的女子　腰肢纤细
她手中的镰刀发出亮光
一条狗和一只陶罐
蹲在麦田尽头的树荫里
一些麻雀啁啾着在麦垄间飞起飞落
束腰的女子皓齿明眸
走进麦田时回首对我一笑
在灿烂背景的映照下
束腰的女子风情万种

收割从最明亮的麦田开始

束腰的女子向麦子俯下身去
麦子向土地俯下身去
那姿势就是爱的一段过程
镰刀的白刃划过金黄的麦秆
沙沙沙的宛如歌唱
束腰的女子丰盈窈窕
被金黄的麦子照耀
她的乌发粘满了麦子的银芒
她的薄袖盈满了麦子的清香

这一切多么美丽　令人痴迷
等待收割的麦田
束腰的女子　这一切
包括劳动者和劳动本身
当金光闪闪的麦子们
整齐地躺满了田垄
束腰的女子啊　她漂亮的额头上
满是细密的汗珠

最后　束腰的女子走出麦地
而我拿起了镰刀

地平线的尽头暗云翻飞

隐隐的郁雷

穿过六月的天空

张书勇

行走雁鸣湖

1

嗅觉已淡忘了遥远的夏

无力的藤蔓被落叶剥离出经年的枝干

大片大片的荷塘在月色下摇曳着黑白的曼妙

麻雀蹦蹦跳跳成这个季节最后的舞蹈

水草和芦苇荡逶迤丰茂

所有的庄稼都在收割和播种的地界匆忙交接

农民弟兄要把这些粮食贩卖给城市和远方

此时，我在秋风里开始抚摸春天

我知道那只是一个冬天的距离

2

我头顶万丈阳光在你的旷野奔跑

这么好的季节你为何缄默

土地丰满

囤积了千年妖娆

植入平原的孤独已满世界的花开

我大声呼唤的昨天已满目疮痍

此刻我恨透了远方的炊烟和柴狗的狂欢

甚至开始报复茅屋和篱笆墙的苍老

那些雨后那些晨起那些夜幕下的风景已零落成泥

我徒手摆布的命运裹挟着未来的交响

就像曼陀罗花蕊里海拔的爱情

多年以后的一场邂逅

不知你是否会了却那份思念的衷肠

3

挥挥手，我选择了没有泪水的远行

天高云淡，许多往事被踩躏得大声哭泣

走吧！通往群山的巍峨还在

指示牌上是模糊不清的方向

拯救的双手无数次温暖那些发霉的记忆

土壤里疯长着女人的无奈和男人的孤独

广阔的麦田上空似乎还飘荡着故乡的陈年旧事

而我的沉默终将逝去青春的模样

一如平原里徘徊千年的村庄和被乡亲们

多次重叠的过往

辑
三

王太贵

唐诗副本，大地上的巩义（节选）

1

星辰冷冽，返乡的路径如此曲折
笔架山上，一弯月亮蓬松着胡须
可设想或预见，如果一行七律诗就是
一节动车车厢，巩义大地的某个角落
开始因回忆而苏醒过来。天空倒映着
河洛的涟漪。邙岭上下，积雪悄悄融化
碑上，字迹陷得太深，但还不足以
消解冰冷的雪水。我发红的双目
滚烫起来，在诗句不会咆哮的时代
我只想对着冰凉的碑体，安慰梦中闪电

3

故乡真的越来越美，宜居宜业又宜游
墨汁和雨水混淆之夜，衣襟上却沾满泪痕

辽阔的夜色下，我曾为千年之后的故乡
预留过朦胧的想象。理解汉诗的人
定不会曲解天空。双手握紧方向盘的人
从巩义高速入口，驶进唐诗的自留地
那里不会限速，没有逆向，更不存在堵车
当一些汉字，纷纷从路牌和闪光的宣传标语
回到杜子美的诗句中，我们称之为宿命

4

敲过小相狮鼓的手，攥满掌纹的籍贯
磨过砚台的手，如何推开纸上的故乡
很多人都写过巩义，意犹未尽啊
用孤舟探路，好像我们已身处遗忘之地
汉语如药渣，铺满返乡的每一条道路
右手比左手有力，当我掂起女儿的铅笔
在田字格内写下"雨"，笔画并不工整
不惑之年，我的困惑却有增无减
你热爱的那座花园，现在摆满了地摊
套圈圈、打气球，一小块凉凉的气浪
在我的耳朵里，形成一个新的国度

6

巩义在蝶变，碧水荡漾绿树环绕
众人穿过黄昏的杜甫故里
默诵、拍照，蝉鸣声压低几束白色枣花
树冠下，阳光正在切合天空的构图
返程的车次，已在携程网上预订
忘了鞠躬，汗涔涔的身躯甚为不安
前年清明在成都，喧嚣的人群中
我在诗圣像前俯首。而此刻，不得不将心
置顶在巩义，即使我乘坐的动车
已驶离中原大地，在暮色中渐行渐远

9

要懂得一排碎浪的逻辑，河洛交汇
那巨大的漩涡，释放出哲学的泡沫
一首诗，只配做一支桨，不停地划拨
巩义的天空，瓦蓝而宁静，流逝的光阴
又重新找到自己的摇篮。时代更迭
在这片埋葬皇帝、财主和诗人的土地
一些人用光伏发电，照亮的大街小巷

花团锦簇。而当你的笔尖擦过夜空
带着墨痕的影子，在大地上的巩义
画出汉语诗歌锃亮的翅膀

马冬生

一座千年古城的诗学与风骨（节选）

3

没有一滴水，惧怕被水淹没
一座被大水淹没的城，摧不毁的是城之风骨

城摞城，重新崛起的何止是建筑的美
如水的光阴带不走的是什么，必须明晰

听黄河滔滔不绝，讲一座城的故事
五湖四河汴西湖，要认真听往深处悟

什么在上升，什么在下沉
上善若水，是我的北方水城不散的残骸

水的前面是开路冲锋、激流勇进的水
把开封一笔一笔拆开，流淌的都是热血

4

黄河怎样磅礴，盘鼓也怎样磅礴
声震中天，千年古城的风骨不散

腰间挎不挎大扁鼓，我都是有气概的人
"令旗"引领的，是无限迸发的力量

鼓舞相生，所有的乐句点燃心灵
鼓点激越，所有的行进威风凛凛

远听像惊雷，近听如万炮轰鸣
呈排山倒海之势的就是我的大美开封

那失落的鼓谱，我要在民间找回来
那盛大的春潮，我要在开封鼓起来舞起来

李　丁

过三门峡

过了三门峡，黄河有了一生中的慢时光

放下了万千风雨

放下了私藏的闪电与一小块瀑布

我轻轻提起它的一部分

只是一段叫不出名字的河水

大多数人坐在河边

有时我们坐一个下午

看水中消失的清风和新生的裂缝

有时我们短暂路过

并没有理由停下。我们在各自的河中跋涉

其实是在自己的想法里

有一点点地新和一点点地旧

从流水中取出一小片漩涡

我们从那里进去，也从那里离开

河过桃花峪

在桃花峪，有更宽的黄河经过

这些河水还会拐弯

还会在一个村庄悄悄上涨几分

一部分河水向东

另一部分没有人知道去了哪里

就像土地上的农民、桃花、月亮

我知道，一条大河的美学

藏有太多的枯萎与开放

藏有一个人弯腰的动作，重复一生

其实，我们也是河水的一岸

或者是一粒尘埃，冲刷着内心杂乱的章节

有时我们也掏出身体的河流

松开惊涛骇浪，松开一件很轻的事物

把自己还给一个叫桃花峪的地方

曹卫东

有一种精神，叫作红旗渠

走进林州的春天
在太行之巅
俯瞰一条 1000 多公里的人工天河
蜿蜒在巍巍太行
总有一种力量在心中激荡

直面干旱，向天借水
层峦叠嶂之间
一双手，一把锹，削平了 1250 座山头
凿穿了 211 个隧洞
这就是 30 万林州人的脾性

十易春秋，从此
安阳大地树起一座座粮仓
那挥洒的汗水里
有一种闪光的精神
流淌在了蜿蜒的红旗渠

一个甲子的时光

弹指一挥

站在红旗渠畔，我浮想联翩

几枚幸福的泪花儿

滴入了岁月的繁华

刘雪晨

我们就这样称它作郑州

同多数人一样
我也有一个
年少时就离开了的故乡

我也总是
想不起来那座二七塔
如同睡梦里
我记不起爸爸的模样

就这样
身在宏大的
宏大的北京城
我还偷偷地
拥有
一个并不过于熟悉的故乡
在和爸爸的电话里
我俩称它作郑州

这想当然的、时刻为我存在着的故乡

——一个牢牢守着我的酣梦的地方

瘦石别园

在巩义杜甫陵园

北邙山至仁至爱，邙岭有令人崩溃的美
三十四亩辽阔，庄严兜兜转转的春天

百米碑林留住大唐高雅，望乡诗圣
立在春天里的杜甫，比春风起得更早
比春风起得更早的是月亮和寒露
魂归巩义，吟诗亭盼了一千年

时空留白，杜甫的一声咳嗽
至今还在草亭狂啸
笔生悲悯，砚泼浓墨
苍茫河山推出碧水春山，小桥人家

自此，每一枚夕阳都醉成了七律模样
心怀江山的人，也被故乡的一杯大酒窖藏
以至于我登临双层亭时
阳光使尽了浑身解数，天空蓝得出奇

举目四望

我看见顺从杜工部诗意的黄河，滚滚东去

山下的民间，温厚淳朴

整个巩义大地，就好像病愈了的丹青

收养着他的慈悲，优雅着他的雄浑

灵动着他的苍劲

最庄重的一笔，刚健了巩义的绿

再一次仰望他的大型雕像

尽管我贫血的字词，表达不出对他山高水深的爱恋

而我也不再有丝毫愁苦

一步三回头的回望里

白云填词，春光吟诗

他的身影如一个感叹

我的喜悦，被另一个自豪的诗人

写在了巩义翠绿色的扉页

郑安江

红旗渠

红旗渠，是沿着开凿者们的掌纹流淌而来的
在铁锤和钢钎叮叮当当的宣言中
与渴望一起翻山越岭，抵达波光潋滟的颂词
每一米的延伸，都是意志
在陡崖峭壁上醒目地镌刻
艰难险阻乖乖地让出一条韵致优美的河床
龟裂与焦渴，得到潺潺流韵的滋养和灌溉
颗粒与年景，得到一茬又一茬丰盈与润色
曾经大面积歉收的叹息，干瘪成一掬枯萎
被大风吹散。清澈之水，有着月光般的浪漫
也有着适宜行吟的感情色彩
吱吱扭扭的小推车，推着土石方
也推着风尘仆仆的晨昏，碾过艰辛与疲惫
咬紧牙关，走向颗粒饱满的喜悦
铁镢，铁锹……这些最传统的劳动工具
成为修撰一部伟大传奇的诗笔
任意截取一段竖立起来，都是一座丰碑

无须文字诠释与赘述，晶莹、灿烂的感动
直抵我们的心头。当母亲的木瓢舀起渠水
浇下，就有一支不染尘埃的恋歌
在我们的心田上蜿蜒、优雅地铺开

祝宝玉

黄河，父亲

闪闪发光的河，近在眼底

河谷和高原，两份比例悬殊的微缩地图

我是一枚石子，或者是更普通的土粒

镶在思想激发的火光里

巡视着那些梁和峁，还有沟和壑

要用概念描述

雨水冲刷出历史真实的本原

黄河就祖露在我的面前，或者说，我在黄河面前

一丝不附地呈现

浩荡的大河正从天尽头蜿蜒而来

蓝青色的崇山如一道迷蒙的石壁

在彼岸静静肃峙，仿佛注视着这里不顾一切地

倾泻而下的黄土梁峁的波涛

大河深在谷底，朦胧辽阔

威风凛凛地巡视着为它折腰膜拜的大自然

夕阳下，满河映着红色。黄河烧了起来
先点燃了一条长云，红霞又洒向河谷
整条黄河都变红啦
铜红色的黄河浪头现在是线条鲜明的
沉重地卷起来，又卷起来
岸山西境内的崇山峻岭也被映红了
我听见这神奇的火河正在向我呼唤
那时父亲的呼唤
沉重得赛过老牛喘息的声响

薛培新

在郑州（节选）

1

河水的漩涡有着桃花一样身姿

借长河落日圆句式

我再一次打捞决堤的思绪

花园口，苦难咆哮过的地方

此刻宁静如一只归隐的羊皮筏子

是哪！时间将抚平一切

良田万顷、美池荡漾，涛纹里生动而易逝的面孔

将军坝、铁犀牛、归巢的黑顶林莺

为我们见证地上悬河的变迁

南裹头渔家饭，将我的乡愁向着

梦里老家又拉近了一寸

渡河的人，荡舟水上乐园

用一枝春柳，测量生活的流量和水温

3

清浊交汇，当我远眺奔腾的黄河

在洛水面前放缓步履，并亲切相拥时

一枚青铜书笺哗地抖开

祭天的先人从河图洛书中走出来

摆开鸟雀的五行八卦

老杜的诗句还在黄河西岸徘徊

等我捎来一句草堂口信

一切仿若静止，一切又在浩荡地流逝

那些低飞的白鹭，拍打着

中华文化图腾的翼翅

告诉我精神的象形文字，永不会磨灭

4

当夏黑的甜溢出黄河湿地

寻梦，是柳梢头挂着一缕秋月

执着地向我递送千古绝唱

——月是故乡明。月是追梦人怀揣的家园

此刻，黄河岸边风依旧猛烈

但吹不走月光

吹不走盘根错节河床深处的喟叹

山水寄情，当诗人的吟唱与生态的笔触

交织、呼应，升起富景生态园

如眼前一个个岛屿

朦胧、甘美，累累坠挂水的藤蔓

朝　颜

山中问答

在沿着黄河
生长的山林里，在那些自然而朴素
的村庄里
我见过一些内心纯粹
但是被贫穷围困的孩子

他们的眼睛里，充满了陌生的
向往和胆怯
他们回答我提问的词语
非常有限
就像一株蒲公英
无法面对城市的车流

——他们听我说起城市，说起
汽车的马达声和
巨大的玻璃
就变得格外紧张

他们问我：那些玻璃如果
破碎了，会不会也带着城市一起破碎

他们的声音，更像一种
寓言：在他们有限的目光里，藏着
无限的
深邃的天空
他们只是说出一片云的存在
雨和雷声就灌满了
我的思绪

冯艳华

在黄河风景区看黄河

每一波水来
都觉得"母亲"两个字，或宽或窄的
颠簸一下

她充满的样子，也是盖住低处的样子
她有古老的通达，也有新鲜的自在
可你看她每一次颠簸，都有歌唱之音

来有影，去有踪
这是一条河与大平原不变的交谈方式
站在炎黄二帝广场，你能听到
这向下的流水声，也有向上的本能

九座铜鼎，背依邙山面对黄河
九州，一言九鼎，炎黄，华夏……这些词韵律般
从眼前的编钟里小跑出来

而目光这个现成的跑道，又恰好妥帖地
落在一条大河构成的气势上

河南：天下第一雪花洞

更美，更明亮，更多彩——
看得出，这里的光
都是被改变过的

作为眼睛，要允许
光洒下来时，漏出的阴影
我们不用为阴影穿上胸罩和裤子
因为，我们的祖先不穷
因为那时候
热得太急
冷得也太急

当天下的雪花都去表达冬天了
当天下的雪花在春天都活不下去了
你不是天下的，你是天下第一洞的

因为你在中原的中上，也在中国的中上，所以
她们，都活不过你

金小杰

龙门石窟

整座山都是佛，或立，或卧
风吹过山崖，隐约有木鱼的脆响
有钟声，从佛龛中逸出、回荡
从第一尊佛开始打听
打听上千年的故事，众生提着竹杖
把上万里的风尘都走在脚下
在龙门石窟，打包起佛光
如雨似风地又开始出发
石头想动，但又不能动
龙门石窟上千尊佛像
在风的加持下，化成肩头的沙砾
一直跟着探索、游逛
这么多年了，出走的人还没有回来
我也一直没能打听到归期和地址
也许曾有香客，见过他们
也许曾有飞鸟、游鱼
打过照面，又各自奔向远方

山还在等

用一个黄昏作为注脚

在这片土地上画上句号，或圈起逗点

匆匆而去，前方还有几万里路程

临伊阙，跨伊河，在满山的石窟间流连

香山居士长眠的山岗，择期再访

暮鸟、钟声的寺庙也只能推还给山崖

都来不及看了，把身后的风景塞进包裹

抽出潺潺的流水，缩成头顶的发冠

再一次隔水挥手，不清楚

是和漫山遍野的佛像告别，还是

和对岸未能游览的遗憾说着再见

落日熔金，一个瘦削的背影

在众佛的目送下，逆光在平原上越走越远

班琳丽

大河诗章（节选）

1

落花掀起疾风。在午后
在甬道上，在风的末梢
折耳小心走路，轻放脚垫
代替我摩擦发烫的生活

一滴水在毛边的书页里
起源。大河在月圆时复活
我饥馑的目光望见
乳汁汩汩。荒山踉跄
四脚兽缓慢直立。健康的

骨头与籼粟，渐渐结实
我蹒跚而走
我的母亲死去。尚在
伶仃的少年，站在崖上

阳光晒着我乳臭味的羽毛

3

战火烧焦土，马革
裹悲士，征人蘸着极寒
写下离歌。我的故国
繁花纷披，跌落尘寰
新朝迭出，被清醒的
羊毫，一一造册

九曲奔腾万里沙
人形草木，甘于伏身
黄土之上，以悲悯心
入药，治愈痼疾
让年轻的尾风悸动
我羽翼上，字块因不甘
开始汤汤浩浩的叙述

巨人的血，奔流在中土
脉管里，归海是她
浪漫的怀愿。哺养

是沉重的宿命。如今
年轻的水日夜向北
养育口渴的城市

许言承

新乡之夜

深一脚、浅一脚，光照充足，思想
透明到了极致，光明带来的信仰
再获新生，让你来得及理解和讲述

新乡太过于雄浑，祈求的愿望太美
自然人到社会角色蜕变，时刻清醒
为了一座城市的信念，开始
为之不停地努力和奋斗

这就是新乡，太多善良的人们，扶老携少
建设家园，时刻放在心上
以继承、发展、传承为目标
让心头飞扬的蓝蝴蝶，在新家园前起舞
并且，一直存在着

在信阳的声音中

我害怕了每一次的离开，厌倦了每场逃避
我想要的离开却从未到达
不曾企及
在浓雾的黑夜里遮挡我前行的路
在搁浅的沙滩上堆砌整齐的城堡

我行走在不同的日月下，却又在雷同的空间里
我以怜悯的心拥有，从未
移动，我得用漫长的时间，却丝毫不浪费
就如我此时未曾离开的
在不经意间倾尽我毕生的忏悔

原谅我吧，不管在，或者不在路上
我想着离开的想着
这都是幻觉，在真实和虚幻中间
我从未离开过这里，听听，信阳的声音
我已经走得太久了，遗忘了，信阳的声音

周小龙

诗意郑州（节选）

在嵩山听风，跋涉，聆听自然天籁
凉风习习，鸟鸣在林间穿梭，似乎在歌颂，又似乎
在泅渡一则故事，一场来自唐朝的风雨

则天大圣皇帝的金策，在峡谷之中闪烁着光芒
祈福或者赎罪，都不重要，封禅的音乐，从唐朝开始
盘旋于山谷之中，多少年，未有停歇

中岳庙的大神，是否来自封神里面的人物
他刚直不阿的性格，护佑中原的土地，风调雨顺
或者，不畏强暴，敢于反抗不公与邪恶

不远处，少林寺的钟声正在敲响
十八棍僧救唐王的故事，不停地演绎
塔林之内，圆寂的高僧，跟着钟声的节奏，念出普度的梵音

山顶之上，我和来自四面八方的人

眼望着远方，等待红色的太阳，钻出地平线
普照着古老土地，滋养众生与生灵

而山腰里腾起的云雾，在阳光普照的时候
幻化成多彩的云，顺着钟声到达天宇
告诉神灵，尘世间最美的场景和动听的故事

程东斌

伏羲大峡谷

大峡谷红色的岩石，像凝固的血
滋养着古海洋的记忆
堆垒大海落、高山起的爻辞

还有一些水仍在流淌、奔跑或禅坐
带着海洋碎片，以大峡谷为时光胶卷
录下影像和回声。飞瀑下有深潭
瀑潭相连，印证了时间的刀子不能断水
只剖开岩石，现出谜团

红石一成林，谜团就多了
总有一块石头为做八卦台，削去肉身的繁芜
左手河图，右手洛书
伏羲氏的指纹烙有神谕，一画开天的震颤
将石头的纹理旋成了八卦图
仰观天象，星宿列于苍穹
俯察大地，阴阳咬合的法阵中

《易》的光，正推动或演化着万事万物

跌水传出足音，丁平湖中凌波微步
水和水，人与人，只有在行走时才发生分别
跟着溪水在峡谷中穿行
遇到一堆乱石，碧水溯过，生出花朵
有人绕行，错过一场棋局
有人踏石跃过，获取峡谷的一段琴音

岩石被磨成镜子，只照天地
潭水被云朵磨砺，能照出苍生真实的容颜
在一棵古亢树下
捧起一片落叶当偈语的人，经过一潭又一潭
照影中，寻找丢失已久的自己

温勇智

巩义（节选）

2

城是古城，草木之尖垂挂着巩伯国的编年史

独白的天空飘着赵姓皇帝的影子

那一扇窗，是你的镜头

像一块悬浮的玻璃，隔着千年时光

河洛开始在巩义和你之间穿梭

笔架山的大橼墨汁淋漓

谁在土室里忧国忧民

斜风细雨，书卷里端坐的你

已然白发生！

3

回归一个诗人的形销骨立

窑洞里生长的诗歌，让一缕炊烟走动出古城的风姿

诗歌的圣地，一个诗人的居所

加持着巩义的典雅和风骨

比如此刻，我再次与你在巩义面对

疾患、饥馑、国破、妻离、子散——

已经远离，你要的广厦千万间

一半住着你的诗句，一半住着还在继续生长的梦想

4

想在一首诗的背面找到陡峭的落差

你的名字站在巩义的指尖上，犹如瀑布

打开了汹涌的出口，给巩义，给世界

交付了所有的波澜壮阔

心，已悬空

谁点染着粉墙黛瓦的水墨，谁挪移了

巩义的呼吸。从高处到低处

又从低处到高处，将美的心意聚合在巩义

张天航

淇水印刷品

水是诗的封面

粼粼波光，印制历史的重重诗篇

以及弥散在时光之外，曾经写满鲜活的每一种姿势

诞生韬略、石刻和飞瀑的云梦山

被来自太行的脉脉余晖，定格成巍巍生长的书脊

开本从瞳孔出发，沿着明月抖落的两汉

芳菲倾碧的隋唐

一寸寸丈量微微轰鸣的九鼎中原

扉页。二千五百年前翻开过

空无一物

那是山川献祭给岁月的滥觞

白狐依然伫立在第一章

无论悬浮在空气里的呼吸

有没有云裳、飘带和衣装

它都在石桥上、沙滩里、河岸旁

浅吟低唱

你看到了九条尾巴

我只看到了她

诗从经的标题中纷落如雨

在时间茂密生长的口齿间，一遍遍浏览和传递

远方，从硬背装和骑马订的故道里苏醒

望向清澈透明的封底和文明传承之不息

诗穿过经，就像风穿过你

流沙漫过言意的空虚

把荒芜零落在浮云溅起的轻轻尘泥

诗流入河，就像歌流入曲

寂寞拒绝守候的温暖

以忘川的星眸不经意放行，离离梦呓

诗的故事和经的影子，被淇水化合

写成走出鹤壁的象形文字

那上面出版的，有关文明的一切信仰

以及印刻着向世界证明的所有记忆

被天空所爱

也被飞鸟吟诵

你从淇水中生长的羽翼，由苍穹淹没

在阳光下如此灵动

终于长夜里守候，无明的空明和非己的自己

卫河永济渠大运河

一条河流的内心肯定
有过剧烈的争斗
浅滩上布满挣扎的痕迹

它低喘着，口含一团白沫
——一堆软骨头
躺在浚县一段窄小的河床中
欲碎未碎，将散未散

青苔仍不死心，它们紧紧
抱住一座石桥的瘦脚
千百年不曾动摇——
千百年，活在自身的青葱里

石桥僵硬，仿佛没有记忆
它的影子落入河中
轻轻晃荡着——

一会儿清晰，一会儿模糊

——这情形让人担心
好像有什么事物，随时会
被流水带走

紫藤晴儿

黄河之上

流水之上时间没有沧桑

大地的流动都带着火焰之身

冲击，向着人心的远，也向着人心的近

我们爱上了同一种壮阔

文明的火种也在黄河两岸边

历史携带着光在前行

万物有了自身的价值

泥沙俱下，也在聚合为土地

时间的堆积我们找到了爱的依托

流水的光阴一定是人间的盛世

从远到近还是从近到远

我们都在跟上历史的速度

历史在款待我们

大地的驿站在每一个流域

我们都可以在那里生存

也在那里对万事万物给予希望

当我们去向河南，也是跟上了黄河的

步履

不想错过它的任何一种荣光

和时间的意义

杜甫故里

一场秋雨过后
他家门前的杜鹃花开了
我试着用味觉感受
诗圣家乡的雨
有一种可以用试纸测出的酸
苦涩的盐分也在其中
很多人以为那真是一场雨
我没有选择雨伞
想贴身触摸他笔下的泪

依山而建的土屋
那一面墙成为山的支撑
千年的门
因为是通向历史的遥远
虽然进出只需一步
我宁愿我的肉身留在外面
灵魂走向深处

我何以闲庭信步

看那满目秋色

屋后的荒山蒿草林立

因风蚀而残破的墙体灰砖

仿佛唐代陈列的书稿

一层层、一句句

七绝和七律压茬码放

哀婉的韵脚

流着泪一样的雨水

我去过他的草堂

又来到他的故里

无论哪里都是一往情深

离别时

我看到他那高大的雕像

负重的背影

比来时看到的还要忧伤

辑
四

王　冰

与诸君同游荥阳

节中观盛景，云渺似新春。
湖上烟渐笼，花间珠胜真。
对天宜短啸，依树可长吟。
刘郎今何在，拈须调素琴。

秋意

秋山送雁群，寄卧谢公门。
枯道寒烟定，空园霜树深。
暮薄惊晚岁，日落绕祥云。
千念集烟塞，独思洛阳春。

高　昌

白马寺留言

人外清凉境，壶中智慧泉。
青桑呈瑞色，白马驻飘然。
塔自齐云矗，经真破雾传。
迢遥浮世路，歇到寺门前。

桃花峪桥远眺黄河中下游分界线

悠然平水起横波，囊挂秋声含笑过。
魂系古今连雪岭，色凭深浅界黄河。
中原景象十分好，故国情怀一样多。
天上来兮奔海角，世间风雨伴狂歌。

新安函谷关咏怀

世尘历历几回还，思入苍茫秦汉间。

遥寄丸泥补青史，悬知孤愤损朱颜。

东流一醉有缘海，西去多情无数山。

饱看风云心路阔，斜阳劲草古函关。

熊东遨

秋夜访瞻园同弘陶清角高昌诸夫子

乘闲谋野醉，未必要缘由。
乐共云中使，来盟水上鸥。
虚窗邀夜月，坐石沐清流。
老去诗怀在，倾壶诉与秋。

菩萨蛮·秋日淇河泛舟同赵振江先生

片风撩动淇园竹，帘开镜底光生绿。云水淡分秋，一篙同溯游。
蓬壶应不远，测梦知深浅。猛忆少年时，白头空有诗。

黄河古渡

风刀雕尽古岩坡，往事留痕供琢磨。
向海河流中国梦，钻天杨结老鸦窝。

观之曷似闻之好，来者其如去者何。

省识人间真快乐，夕阳烟外一渔蓑。

周　达

参加新旧体诗百年发展论坛有感

丝竹磬钟皆有音，国人犹爱听钢琴。
须知风骨无新旧，自守源流变古今。
花好应歌元白体，月明当识少陵心。
乐坛画苑谁偏执，大雅中兴担共任。

赴巩义途中有怀

百二关山本属秦，三川巩固旧通津。
出河犹可期龙马，在野又当伤凤麟。
杜宅诗随风土变，宋陵恨逐雨花新。
履凫王子归伊洛，月下吹笙唤故人。

癸卯中国诗歌节瞻园雅集

觞飞墨点聚瞻园，传唱似临秋水轩。

千里诗声朝上阙，今宵月色满中原。
壮途犹忆云鹏远，晚景自欣蓬雀翻。
欲遣风怀酬雅志，倚栏敲句总忘言。

参观双槐树河洛古国遗址

五千年迹见高墟，北斗横陈拱帝居。
细数尘沙知劫历，欲从河洛解图书。
羲皇有道今谁继，邙岭无言总自如。
满壑风花传旧史，蚕雕版筑补遗余。

沧 云

浪淘沙·红旗渠行吟

春色绿山乡，入我诗囊。太行凿破引渠长。绝壁悬河惊羽客，举世无双。

十载岂寻常？不计危亡。撼来天地焕容装。儿女英雄非旧影，不改豪肠！

水龙吟·端午夜游杜甫故里

龙舟竞渡诗家日，河洛粽香成思。夕阳尤待，一方晚照，驱车行至。泗水新容，山呈笔架，风情多拟。又华影结彩，庭楼扮俏，雅吟处、瑶池意。

夹岸欢呼游子，正归来，平生同史。几丛萤火，荷灯如幻，枝头展字。笑里秋千，阑珊歌舞，夜光堪醉。望星移缺月，如斯灿烂，有乡愁寄。

汉宫春·洛阳隋唐城夜游

待月春宵，启隋唐天阙，富贵风流。阑珊勾留如梦，恰醉温柔。明堂金碧，帝乡忆，歌舞何休。最爱是，登高放眼，人间锦绣难收。

兴废古来几度？洛城情未剪，一水悠悠。文章才子应欠，妙笔曾偷。浓时正续，前尘影，车马狂游。开画卷，河山不负，万家灯火心头。

清明上河园

汴水虹桥意自殊，大梁实景上河图。

轻舟载取八方客，曲岸留藏万斛珠。

觅得芳华是风物，携来气象入云途。

金秋采采菊花艳，漫绣烟霞在故都。

洛阳香山寺

香山存古寺，风物隔千年。
坐忘斜阳里，相谈白乐天。

游嵩岳

洛城极目晴烟外，嵩岳巍峨天地间。
造化四时蒸紫气，人文千古共名山。
先朝宫阙今犹在，异代仙贤去不还。
五乳峰前钟磬杳，一襟斜照叩禅关。

谒嵩阳书院

森森晴翠入幽奇，仰止嵩阳百世师。
古柏盘空舒劲骨，神碑凿字记雄词。
一峰峻极元无匹，千载斯文幸在兹。

忽起清风天籁迥，书声隐约似当时。

观星台

天地之中观宇宙，前朝庙貌石台高。
未知星野窥牛斗，遥望鸿霄探羽毛。
浩瀚乾坤行有迹，精微历法辨分毫。
登临比作麒麟阁，不朽功勋胜彼曹。

程良宝

七律·黄帝故里祭祖

数典骄为黄帝孙，虔来故里谒先尊。
燃香一炷延香火，溯本千言报本根。
始祖祠前连血脉，具茨山下暖心魂。
年年不忘清明祭，走遍天涯感戴恩。

七律·黄河礼赞

九曲蜿蜒入海流，奔腾啸傲壮神州。
魂标赤县千秋赋，脉共炎黄万古讴。
见证沧桑情未老，吟哦岁月爱无休。
一湾一浪织成梦，恰似摇篮梦里头。

七律·体验云台山

缆车索道似龙腾，跃上葱茏叠岭横。

树顶行来双脚健，云程走过一身轻。

小溪流畔芳花乱，大氧吧中瑞气萦。

抓把风闻能润肺，林间悦耳鸟声声。

谢小丹

贺新郎·咏黄河小浪底

万里黄河吼！目滔滔，冰消鲤跃，雷惊龙斗。曾沸狂飙昆仑决，几许苍生刍狗？更销尽，楼船甲胄。洛字河图寻浪底，到此观，万古风云骤。堪一酹，杜康酒。

鲧山禹斧来相叩。过三峡，孤山^①壁立，千帆竞走。高峡平湖今朝见，精卫愚公记否？话桑海，与麻姑寿。休叹横流波九万，是谁将，挹作薰风奏。看十亿，补天手！

开封诸友雅聚

风流几度会京华，且向上河驱玉车。
铁塔凌云歌醉月，龙亭^②倚马梦生花。
踏莎行伴千觞酒，留客住须三碗茶。
吟得清明新卷罢，菊香封裹寄天涯。

---

① 孤山，即孤山峡。
② 龙亭，即开封龙亭公园。

256

熊　轲

雪中少林

纷纷雪满染冬衣，古刹清和寄象希。
问法素襟无世虑，探奇幽韵觅禅机。
跫音风伴天心赏，嵩岳云连物态依。
多幸高怀涤净土，一吟灵籁醉春祈。

少林寺抒怀

随风翠暖影森森，寺隐名山伴鹊音。
洞壑清幽聆梵呗，玉泉寒静养禅心。
寸肠偏爱花间寄，万籁多宜石畔寻。
胜事流连欣一望，不辞朝暮自然吟。

陈廷佑

七古·开封记

开封有个黑匣子，藏在我心良久矣。

爹娘曾在此定居，自幼常听汴州事。

可怜彼时我未生，有幸跟随仅长兄。

就学邻近相国寺，汴河风物总关情。

先考自幼学问足，嘉名一时冠村塾。

祖父弟兄有八人，唯此一男嗣堪续。

十三岁上赴安平，丝网店里自谋生。

闯过京津与三晋，终对汴梁心最诚。

既有网店司账房，又开帽厂兼职忙。

财务自由春风意，多帧遗像鉴殊常。

屡有近亲与远亲，为求周济千里奔。

点滴忆起当年事，小街南北多芳邻。

己丑两番攻城战，枪声终夜声未缓。

晨起院里弹壳多，城墙未断魂先断。

三人逃难各东西，竟能团聚亦称奇。

本来战乱终安定，经营鹏举正当时。

突然一夜库房空，小人背叛盗贼凶。

小人非是中州籍，竟是同乡久过从。

多年积蓄付货款，生活无着唯长叹。

当时小哥在娘胎，奈何忍向家乡返。

挈妇将雏路迢迢，搭乘马车驰连宵。

颠簸一月到辛集，离家还有百里遥。

归来长辈良有诸，羞涩囊中无青蚨。

从此商道转农道，辛劳一生落穷途。

家父仙逝夜陪灵，大哥一语众心惊：

爹比我们苦难重，大德永堪为典型。

当年往来朱履客，出入也曾风尘陌。

也下烟馆做公关，竟能自爱无恶习。

兄弟子侄铭此言，一生铜镜正衣冠。

我到开封觅古屋，此情只合独自看。

大南门内封吉府，十二号院思千缕。

找到此街已拆除，改为公园名玄武。

且喜此院位嘉誉，恰是大幅玄武图。

赶紧拍照作留念，忙打电话小哥呼。

小哥听罢横涕泗，一时洒遍天涯泪。

每言本是开封人，我亦思之差可拟。

便替爹娘走街衢，也替大哥看包湖。

铁塔砸开黑匣子，开了尘封旧梦舒。

当年人去街也去，一部家史长相忆。

开封开封开了封，开封新城永藏我心里！